U0896004

石磊

太太党人，60后上海女作家。作品以描叙海派性情人生为长，解析都会人生，笑谈中年哀乐；文字痛快淋漓文意柔软妩媚，深受追捧。在《新民晚报》主笔“本埠生活录”专栏多年，被誉为海派中产代言人。

作品《太太党人》、《中等姿色》、《向上海学习》、《上海人的幸福生活》、《好好爱》、《上海女人私房事》、《上海人的幸福菜单》等。

六书坊

生活·艺术·文学·雅趣·品味·旅游

舌尖上的私房菜

石磊　著

武汉大学出版社

WUHAN UNIVERSITY PRESS

图书在版编目(CIP)数据

舌尖上的私房菜/石磊著．—武汉：武汉大学出版社，2014.1（2018.12 重印）

六书坊

ISBN 978-7-307-12004-4

Ⅰ.舌…　Ⅱ.石…　Ⅲ.小品文—作品集—中国—当代　Ⅳ.I267.3

中国版本图书馆 CIP 数据核字(2013)第 252076 号

责任编辑：郭　倩　　责任校对：鄢春梅　　版式设计：韩闻锦

出版发行：**武汉大学出版社**　（430072　武昌　珞珈山）

（电子邮件：cbs22@ whu.edu.cn 网址：www.wdp.com.cn）

印刷：湖北金海印务有限公司

开本：880×1230　1/32　印张：7.5　字数：131 千字　插页：4

版次：2014 年 1 月第 1 版　2018 年 12 月第 3 次印刷

ISBN 978-7-307-12004-4　定价：23.00 元

六书坊

自序　我们为什么对美食喋喋不休？

十分愿意，于春寒之暮，换一身黑苍苍的麻布衫子，千山万水，跋涉了去吃一笼古朴简静的春韭蒸饺。山间陋室的矮墙，湿润得滴得出水，岁月垂老的木窗外，是烟绿浓浓的春溪，一汪一汪，统统是，人间的长日永昼。忙手忙脚做给你吃的人，和心思闲闲陪你去吃的人，一一都是，殊难忘怀的黑白记忆。

常常暗暗期待，于深宵的小宴上，眼睁睁地看着，那一个一个，扎扎实实的小碟子，轻而易举地，击溃人心。让人至少在如此一瞬，忘记了仕途滚烫，放下了城府深邃。稍纵即逝的眉飞色舞里，终于，可以领略到一角柔软人心，于千篇一律的嘴脸和若即若离的面具之后。

亦喜欢邂逅口味卓异的逸人，无限疙瘩，无限固执，毫不妥协。人到中年，吃过足够多的饭，终于了解了一点，人是先有一条不媚俗的舌，才有一柱不弯软的脊。吃东西口味高华的人，大多品味了得，相貌堂堂，气概上，总之不可一世。人身独立，人格才会独立。所谓清高，原是从口腹开始慢慢叙述的长篇故事。

饮食，是禅，亦是玄。一粒点错的盐，或者，半盏不知名的蜜酒，可以耗尽你一生的妄想。

常常是，吃过一口，便终生不再容你亲近的诡异绝情，不可追的沉痛，寻欢未遂的落寞，果然剑剑都杀人。

而饮食，日日活泼具体地在，那种举重若轻，又实在不是东西。玩玩而已，一笑而过，谁拿你当过对手？一想至此，除了无语，亦就只有一口一口缓缓地吃了。

饮食于我，仿佛是人世一切。喋喋不休，孜孜不倦，恐怕亦是难改的人生态度。于是，便有了这里的字字句句。

书中插图，是我的儿子包子，幼年的涂鸦。拣了他的小画儿来，是我深心佩服，小人下笔的稚拙果断，浑然天成，以及异想天开，以及元气淋漓。而这些，无一不是，上好饮食的必要元素。谢谢天，人间的大小道理，原是一通百通的清洁简白。

十五岁的包子小人，至今仍然认为，天下最好吃的东西，是妈咪煮的饭菜。

所谓序言，亦就这样了。

目 录
CONTENTS

腌渍岁月

一尾鱼的幸福吃法

牛肉和它的贵妃们

腌渍岁月

>>>

爱面小札

热爱吃面，面条是上海人的饮食里一碗尺寸很小、气韵却极大的吃食。家常到不能再家常，也啰唆到不能再啰唆。

上海人的面，鲜有是手擀的，这一点，跟北方面大大的不同。给上海人吃手擀面，一次两次可以，吃多了，总是嫌弃那种浑猛倔犟，欠缺秀润娟好。一方水土养一方肠胃，这是没有办法的事情。上海的面，因为不是手擀的，大致是加了鸡蛋的机制面，于是，下面的手艺，就格外讲究起来。火候不到，面条僵而无趣；火候过了，烂若无骨，更加无趣得紧。上海的吃面人，通常踏进店堂，略略瞭望一下食客碗中的面条状况，大致心里就有底了。

上海人吃面，基本就不吃素，一碗像样的面，大多要配个大荤。大排面、羊肉面、焖肉面、黄鱼面，色色都是山河壮丽的。小荤里面，辣酱面、雪菜肉丝面算是小家碧玉。净素的面，罗汉上素之流，吃了半辈子，从来不曾吃到过及格的。唯有一碗素鸡面，算是草根里的一枝独秀，久久屹立不倒。再有双菇面筋这样的细致素面，煮得好的，也常常是绝无里的仅有。

上海人的吃面，没有特指的话，通常是讲的吃汤面，那个汤，务必要宽宽落落才称心。今日这样匆忙潦草的年代，几乎没有一家面馆，那个汤，是下过真功夫和真材料的。这一两代的吃面人，牢记的汤头口味，都隐隐约约带着方便面的阴影，跟从前是不好再比的了。吃面也要识时务，想穷讲究兼猛烈怀旧，只有回家自己炖鸡汤，跟着煮一挂龙须细面，啧啧，这样的好东西，除了亲手煮，还指望哪里有得吃呢？

上海人的拌面，我想得起来的，好像只有两碗代表作，一碗麻酱拌面，一碗葱油开洋拌面。虽然只得两碗，却是真真面中翘楚，值得一生默默追随。这两碗拌面，都没有懒好偷，真材实料落下去，不正点也

难。见过很多漂泊异乡的上海人，对那碗葱开面，思念到肝肠寸断的地步。从前长年寄居海外，偶然回乡省亲，被友人带去簇新的新天地吃饭吃酒，黄昏路过附近混沌小街，忽然瞥见小面馆的老板娘，在当街的小煤炉上，炸葱油开洋，我一下子就走不动了，拉着友人站定双脚，仔仔细细从头看到尾，顺便很补很补地深呼吸，葱油开洋那种奇异的香，真是可以慰藉乡愁的。

出门旅行，尤其是跑到景区里，我都不敢吃鱼吃肉吃鸡吃鸭子，因为贵到离谱，亦难吃到惊魂。积累了多年惨痛教训之后，我的宝贵心得是，无论到哪里，请店家煮一碗清水面，再来一个青椒土豆丝以及一个番茄炒鸡蛋。不会贵，也不会难吃，高度保险。为什么是清水面？因为很多地方煮出来的米饭，是比较咽不下去的，而清水煮面，大致不会错到吓人的地步。这也算是我爱死面条的一个重大理由。

私房蛋糕

天底下，无分东方和西方，没有女人和小人是不爱吃蛋糕的。男人基本上也是暗恋这一口的，他们不过是有点害羞，默默深爱在心底，不好意思大声讲出来，怕被人嘿嘿耻笑了去。男人就是这样造作，敢爱敢恨这一点，注定及不上女人。而女人，又远远及不上小人。每次看见小人们，围着一盒子蛋糕蜂拥而上，吃得满唇满齿满脸堆欢的样子，我都好生羡慕。这些亲亲小宝贝，为了一口好吃的，那么的一往直前，这种事情，这辈子，于心于力，我都已经做不成功了。

才写了几行，已经要跑题，还是回过来写蛋糕。

蛋糕在我心里，称得起是食物里的菁华，因为它真真是君子，永远都给人带来俗世的丰足和美满，那么直接，也那么简单，一角蛋糕入口，人是可以从筋骨里酥软甜蜜的。我一直乱想，患了忧郁症的人们，三餐都给他们吃甜软缤纷的蛋糕，会不会有点辅助疗效呢？

我是很喜欢吃蛋糕的，见到心仪的蛋糕，胖字瘦字是怎么写的，立时就忘到九霄云外去了。本埠好吃的蛋糕，我大概一一都请教过，好吃的佳作当然不少，手艺好的蛋糕师傅，亦是越来越多了。不过呢，最得我心的，没得讲，总归是草根名牌红宝石，它在我心里，始终是上海的一面旗帜，地位堪比双妹牌花露水。每次黄昏跑去红宝石，跟柜台里气质十分的上海阿姨讲，阿姨啊，帮我包四块小方好吗？上海阿姨常常会体贴地跟我讲，妹妹啊，侬①去荡荡马路再来，再过十几分钟就开始打折了。我真是喜欢在蛋糕铺子里，邂逅这样的世故人情，这算是我爱死上海的第 101 条理由。如此的好人好事，上海的好些老店里，至今依然是常见常有的。这些阿姨，从来没跟我讲过一句欢迎光临，但是我，还是会心甘情愿死心塌地地一去再去。

说爱、说喜欢，真是件分寸至难的事情，我到了这个年纪，依然有惑。

我亦常常自己烤蛋糕，水准很稳定，次次都得优，从来不含糊，有很多嘴巴为证，我是不打诳语的。倒也不是我本领多么的强大，而是我手里掌握的这个私房方子，是万无一失的省力省事一等秘方，吃过我家蛋糕的友人，总不能相信，这么健康好吃的蛋糕，怎么可以如此简单、如此潦草，就做出来了？

---

① 侬，上海话，你。

这个私房方子是这样的：

橄榄油半杯，糖半杯，鸡蛋两枚，搅半分钟，搅匀。

随便哪种面粉一杯半，苏打粉一茶匙，肉桂粉或者可可粉或者咖啡粉两茶匙，再来一小杯酸奶。

所有东西放在一起，粗粗拌两下，不匀最好，切忌狂拌。

然后丢一杯核桃肉，或者丢一杯桂圆肉，或者丢一杯葡萄干下去，随你了。

一定不要狂拌，就这样稀里糊涂乱七八糟就好了，装在蛋糕模子里，175 度的烤箱，烤 60 分钟就有吃了。

如果是拿来烤麦芬①，一样的材料一样的步骤，改成 200 度，烤 15 分钟就够了。

这个方子里，核心关键，是那一小杯酸奶，这只小卒子，万万轻视不得。

好了，写好了，我也真饿了。

---

① 麦芬，妙芙，英式松饼单词 muffin 的音译。

风流吃蛋

亲爱女友周末在家煮了大堆的茶叶蛋，请大家去喝茶吃蛋听曲子，我觉得这个主意很可爱，比开烧烤大会文静多了。

下午的风温柔如手，吹拂在一篮子的茶叶蛋上，各色好茶腾着香气，缥缈的曲子幽静入云，座上客人人穿着宽敞流畅的衣衫。有一个女子一边吃蛋一边把她的一把长发摊在凉风下面吹，这种样子有点童话的意思，我坐在那里一整个下午，满足得不知如何是好。

吃蛋吃成如此风流美丽，人世怎么不叫人留恋呢？

永远喜欢这样的早晨。蛋壳在瓷碗边沿上轻轻一磕，发出松脆的龟裂声，一枚精神焕发的蛋，流利地滑进滚着热油的煎锅，美好一天从清晨的那只荷包蛋开始，没有比这更实在的幸福了。

曾经有过晚上八点仍然在写字间里苦干的经验，无聊寂寞，肚子饿得疯狂想家。旁边格子里的女同事善解人意，笑盈盈递过来一枚茶叶蛋，我妈妈做的，尝尝看啊。我接过来低头剥壳，剥出的那粒斑驳的蛋，像透我当时的心情。

日本主妇常常把茶叶蛋叫做恐龙蛋，这样可以骗孩子们乖乖吃下去。蛋很可怜，要施展骗术才有人欣赏。曾经的岁月里，蛋这种食物是珍贵得如珠如宝的，今天居然如此不堪掉尽了身价，蛋也算沧海桑田过了。

物欲横流的日子里，还能有一个风流吃蛋的周末，谢谢那位别具风致的女主人，多谢伊①那条不媚俗的舌头。

---

① 伊，上海话，他或她或它。

豆子的缤纷情怀

江南的春夏，是吃鲜妍豆子的季节。

清明即起的蚕豆，搁大把青葱脆嫩爆炒，一路吃到暮春曼妙软糯的雪菜豆瓣酥，那是很多人深入骨髓的乡愁。寄居海外的友人里，有年年清明长途奔驰，专程回埠吃蚕豆的。亦有八旬北京老爷子，清明颤巍巍跑一趟上海儿媳家，盆满钵满满载新鲜蚕豆仁，回北京冻进冰箱悠然吃上半年的。蚕豆之迷人，一言仿佛难尽。

蚕豆落市，便姗姗来了豌豆，这种小豆子，真真尖嫩得腰细，一定是豆子里的洛丽塔。看日本名厨土井善晴的一碗水煮初春绿，真真有意思。澹泊的一大只素碗，一滴油花都无，宽宽浸在汤水里的，是豌豆，芦笋，刀豆和荷兰豆。日本料理看似平易近人波澜不惊，其实水深极了。那四样食材，一一分头焯水煮熟，熟这个字，实在不对，于初春的鲜嫩食材，简直是鲁莽大不敬。然后浸在滋味饱满的日式汤水里，那个汤水配方相当复杂，有昆布有鲣鱼花，搁进冰箱，冻若干时辰，取出吃时，那是四种欢喜在舌尖跳冰凉小步舞。土井煮豌豆，一小锅子清水，沸腾腾的，豆子下去煮，耐心等几分钟，后半段，拿筷子尖，沾那么若有似无的一点点苏打，点在水里，据说如此煮出的小豌豆，便从清丽洛丽塔摇身变成了风华梦露。土井这个大阪老男人，绝对妖的。

豌豆吃过，便是毛豆了。毛豆吃法繁多，广受青睐，近似大众情人。要是蔬菜搞选举，冬天是白菜为王，夏天就是毛豆坐天下了。毛豆极草莽，吃起来大快朵颐，这种彪悍的食材，吃了好像很添长夏的力气。唯一的妖娆例外，是拿毛豆煮豆浆，这个有点小奢侈，那个粉粉的绿浆，极是魅惑，跟西班牙人暴烈浓酸的番茄冻汤，可以头角峥嵘，拼一下温柔小命。

春夏之外，四季都有豆子的缤纷芳踪。

比如发芽豆，咸菜卤烤烤，粉糯饱满，吃酒吃粥，

无不相宜。苏州人美称其为独脚蟹，真是脑筋急转弯。

日常顶喜欢煮西式的杂豆汤给包子小人。腰豆扁豆花豆鹰嘴豆，珠宝一样明丽，各抓一把，拿锅高汤，煮豆子，添乱七八糟的蔬菜，土豆胡萝卜西芹洋葱红椒西葫芦，还有牛蒡，统统乱切成豆粒大，一巨锅细火慢炖，又补又好吃，还饱肚。冬天吃热的，夏天吃凉的，非常满足。伟大的是，这个杂豆汤，还很万能，一日三餐都合适，偶尔拿来作宵夜，亦是趁手。

而这个人世上，我知道，好多人是打死不吃豆子的，所以，我这个看家杂豆十全大补汤，至今还没有勇气拿出来待过客。心里一直想，今生今世，总要寻档软和机会，献一献我的豆宝们。

东北菜的好说歹说

东北菜的好，好在杀气腾腾，一年四季，仅有的那几样食材，干的湿的，荤的素的，翻来覆去，不分你我，直心直肺胡乱炖在一处，巍峨一脸盆子，噌地端上来，真真杀气四溅。六月里，奔去哈尔滨的阿城，看金上京博物馆，我国唯一一家收藏金代文物的地方，于昏昏灯光下，一眼一眼端详当年金人的行军锅，想着拿来煮东北乱炖，当是趁手极了。东北菜的乱炖灵魂，也许就源自这种行军菜，那股子杀气，自然也跟着源远流长。

东北菜其实也满时髦的，完全慢煮，跟快餐势不两立，这个我喜欢的。性情古朴，味觉扎根，真真有品。饮食随波逐流，口味胡乱投降，落个三不像四不像的下场，这件事情顶让人鄙夷了。如今的世界强国，在饮食一事上，堂而皇之，殖民四海，打压甚至消灭大量原住口味，委实骇人听闻。你看你看，美式日式饮食，在世界各地攻城略地，疯狂不在话下，想想有点步步惊心的味道。

不过东北菜的炖，亦犯了一个很糟糕的忌。天下的慢煮细炖，大多有一个心灵指标，就是炖了一夜的那锅子食物，肉酥骨烂之余，最好依然是分明的，清爽的，不露痕迹的。比如炖肥鸭子，炖成了，依然鸭形斐然，动人食指。若是炖完了，一锅子皮破肉散四肢支离，亦就十分地破相和倒胃口了。偏东北菜犯了这个天下大忌。火候十足地炖完，端出来，大致是混沌不堪的一盆子，泥泞兮兮地瘫痪在那里，十分赖皮。下筷子之前，搞不好要费个百秒千秒，想一想，刚才点的是什么来着，小鸡炖蘑菇，还是油豆角炖五花肉。那日在阿城，看博物馆看饿了，跑出来找个小饭馆吃午饭，一个炖菜奔腾上桌，想了半天，很白痴地，居然没想起来自己二十分钟之前点的什么菜。请问了老板娘，才想起来，是三干炖五花肉。赶紧再问，哪三干啊？老板娘白我一大眼，答，豆角干茄子干土豆干。三干诸君，勾肩搭背，腻在一处，酱油一炖，更难辨清雌雄。我这种初食者，在小脸盆里鬼鬼祟祟摸索良久，才悟了半个明白。那个土豆干，真真好吃，柔韧绵密，甘香芬芳，比油炸薯片高明多了。谢谢伟大的淘宝，东北土豆干，遍网都是，想想在上海的梅雨天里，细火慢煮一锅土豆干炖五花肉，该是何等妖娆的举止？

东北的德莫利炖鱼，炖完了，还是形神兼备的。不过那种炖鱼，也就吃个杀气腾腾，其他的就不能细究了。

法 式 派

每次做这个法式咸味派，都深受好评。常常带着滚热的一个法式咸味派，去友人的派对献宝，差不多次次都收获一大把景仰。有时候派对规模大过了头，广大客人记不得彼此姓名，隔天见了我，笑眯眯很干脆地招呼，嗨，那位会做派的太太。

大吃大喝之后，总是有好学不倦的太太，来问这个派的做法配方，跟很多朋友，说了很多遍，想想还是写下来算了。

法式咸味派，正经法文名字叫 quiche，最早我是从巴黎友人那里学来的，后来又穷查食谱，自己生猛发挥了几下，变成甜味、咸味，味味生花的一个派。

先说派皮。不讲究的话，随便哪种面粉都行，一杯；黄油小半杯；鸡蛋半个；一小撮海盐；一勺冷水，勺是咖啡杯里那种小勺。所有这些，搁一个大玻璃碗里，揉匀，揉成一团就行了，不必像做饺子做面条那样猛揉。拿保鲜膜包起来，丢一边，醒醒，半个小时吧。面粉跟黄油的比例，大致是面粉三份，黄油一份。

再说馅儿。

先说咸味的。咖喱吞拿鱼馅儿。

洋葱一大个，切碎，炒透明；加进蘑菇或者其他任何什么菇，切碎，一起炒透炒软，下点点海盐和黑胡椒；来一个吞拿鱼罐头，去净水，鱼肉丢进去一起炒；下很香很艳黄的咖喱粉，慢慢炒透炒匀。这样馅儿就炒好了。

拿个9寸的烤盘来，手上套个干净的塑料袋，把醒好了的派皮，匀匀薄薄地压进烤盘里，连擀面杖都省了。刚才炒好的馅儿，全部倒进铺好派皮的烤盘内，摊匀。

再打两个鸡蛋，加一杯牛奶，一点点海盐，一起打匀，缓缓倒入烤盘内。

摄氏200度烤箱，烤40至50分钟，搁下层烤。

这里的吞拿鱼，改成牛肉碎或者培根碎当然也行；咖喱味改成番茄味自然也好吃；还有，做成全素的也很不赖，豆腐菠菜西兰花什么的。

再说甜味的。苹果核桃馅儿。

三四个苹果，去皮去核，切块，一点点水，煮软；一大把葡萄干，洗净，跟苹果一起煮；肉桂粉几大勺、白酒半杯，倒进去一道煮。煮到苹果软，就好了。似乎不需要加糖，因为葡萄干极甜。

皮在烤盘里摊匀，煮好的苹果葡萄干倒在烤盘内，不要汁水，再铺一层核桃肉。

打匀鸡蛋牛奶，一点点糖，倒上去。接下来都一样，摄氏 200 度，烤 40 至 50 分钟。

苹果换成南瓜、番薯、胡萝卜，都是很香很健康的；喜欢干果的，随便加就是了。无论咸味还是甜味，都是热腾腾的好吃，凉了，就有点打折扣。所以我，通常都是出门前一个半小时才开动烤箱，捧着还略略烫手的派进门，真是超级受欢迎啊。

我喜欢做这个法式派，除了它省事容易做，滋味好，绝不会失败，还有一个重要原因，就是非常健康。

午后在家里仔细烤一个南瓜派，等我的小包子放学回来，小狼一样席卷他挚爱的点心，那种感觉，是多么好。这个派，做成咸味的，也常常是我们周末的午餐，拌一大盆蔬菜色拉，打个水果奶昔，便是很让人满足的一顿丰盛午餐了。

甘党与辛党

甘党，辛党，两个都是日文里的熟语。

甘党，甘甜之甘，甘党就是广大甜食爱好者。

辛党，辛辣之辛，辛党意即芸芸辣味爱好者。

喜欢这两个词里的铿锵、明净和细细碎碎的小幽默，无事写小文章，顺手借来用用。

甘党，不用说，主力是女人，老老小小，古往今来，女人都是吃甜吃软的，而且可以娇滴滴地大方要求吃甜吃软。在这个人生问题上，男人就有点苦命，阳刚男生，轻易怎么好意思跟人说，我要吃甜、还要吃软？

多年前，曾经跟一位半生半熟的男友一同搭飞机，伊很厉害，每一次空姐推着饮料小车到跟前，伊都满面笑容跟空姐要上三四种不同的甜味饮料，从椰奶到粒粒橙，不光空姐要大翻白眼，连我坐在旁边也目瞪口呆。伊很放松地跟我说，我喜欢喝所有甜的饮料，坐飞机要一路喝到目的地。一边说，一边懒洋洋地翻杂志，还忙里偷闲请我吃他自备的巧克力。

还见识过一位男生，著名的电视人，天天在某电视台开讲国际国内大事，是开我国一代电视风气的卓越名嘴，亦是我非常尊敬的一位传媒界前辈。私生活里，这位前辈以爱好甜食出名，见了甜食，比女生更没有节制，吃甜的胃口，比女生更壮阔。笑他嗜甜成瘾，坏了一口牙，吃开口饭的，上电视多么有损美好权威形象。伊也不管，照甜不误。

也有不碰甜食的女人，一群太太党人，齐齐坐下来吃甜，偏偏会有一个异数，大有个性地把蛋糕推开，一字一句要求，咖啡要苦，抹茶要涩，冰淇淋要火腿味的，状况非常非常后现代。一众甜软无骨的花俏女伴，相形之下，统统成了胸无大志的小女人。我是真喜欢看见，在粉粉一群甘党里，夹上这么一位鹤立鸡群的敌对党。女人千奇百怪，才好玩；吃东西千变万化，才开心；人生千山万水，才过瘾。

我自己是死忠级的甘党，死心塌地热爱一切香甜软腻食物。

天下甜食尽管流派纷呈，不过无非两个极端。一是至纯至粹的甜，不杂丝毫异味。煮这种甜食，这个世界上，最拿手的要算日本人。他们煮红豆汤，除了清水和红豆，绝无二物，那一碗红豆汤，滋味醇香深邃，回味极清，也极厚。煮这种红豆汤，靠红豆本身的拔群品质，亦靠细腻繁冗的火工。在东京门前内町吃过百年老铺的红豆汤，卖了一百年，就卖一碗红豆汤，果然名不虚传，不佩服不行。盛在木碗里的红豆汤，确实令我此后多年动辄思念。这一路极端的甜食，最怕的是寡味。味纯，不等于味寡，滋味这事情，一寡便薄，一薄便无趣。味醇到悠远深浓，绝不简单。很像日本那种文化，看似处处淡静枯涩，明明不着痕迹，好像很容易抄袭，其实一上手才知道，原来内里奥妙无穷，深不可测。稍稍知道点饮食的中国人，都知道，一碗清鸡汤，有不得了的功夫在里面，一碗红豆汤，更在鸡汤之上。现在上海各色馆子，流行的是粤式的红豆汤，搁了香草海藻进去煮，煮成沙，煮得好，也算得上是一款明艳甜食，还养生，不过，我嫌它啰唆累赘，终究不及日本人的那一碗，高华，清隽。

口腹纵欲记

忍着不吃辣的，忍了很久很久，久到忍无可忍。

先是感冒了，吃不得辣的，自己知难而退，忍着。后来是忙着熬夜，熬出一面孔小痘痘来，更加不能吃辣了，要是拼死一吃，满脸痘痘，跟戈壁似的，死得也太难看了。再后来是跟一帮素食者混，那些日子里，最澎湃的口味是糖醋，什么微辣重辣麻辣，一概想不起来。所以这么一来，活生生地，一个多月没有吃过一口像样的辣。等把那帮素食者送上路，回过头来就恶补一餐辣的，天天辣餐餐辣，辣足三天三夜。那三天三夜里，我就一直在想，为什么上海有那么多的自助餐，偏没有一家专做辣菜自助餐的？所有的菜色统统辣起来，辣得像张艺谋的电影一样鲜红欲滴，辣得变态，辣得人中毒上瘾乐不思蜀。

我们家不吃快餐，大人小人，老少不宜，长年如此。但是一年之中，我还是会有一两次的违规之举。比如，从欧美长途旅行回来，一进家门，会疯狂地煮一包方便面给自己，这碗面里，要搁足香料味精，丰沛的麻油，大把细葱，滚烫地端到胸前深呼吸，再来一张张国荣或者邓丽君的靡靡之音，至味啊。通常是，这样的一碗热面下肚，我浑身的疲乏，才如水银泻地，有了回归家园的踏实。把这个感受掏心掏肺地讲给亲爱友人听，人家听完，略微沉吟，怅然跟我讲，原来你的乡愁，就是这个方便面啊。听得我无地自容。

虽然大多数的家常日子里，会自觉坚持饮食清淡，但是忍不住起来，还是会毫无节制地乱来一气纵情吃喝。深夜从滚烫的浴缸里起来，长长的头发还没有绞干，已经赤脚跑去厨房，抱出一巨罐的冰淇淋来，一小勺一小勺地，马不停蹄一口气吃完，吃成手脚冰凉嘴唇发紫。

清晨起床，心情无名靓丽，拿出昂贵好茶，晨光里，一杯接一杯跟自己斟了又斟，巴赫的音乐在耳边摇摇欲坠，享受得死去活来。纵情喝茶总比纵情饮酒来得安全，虽然那个价钱也是差不了多少的。

纵欲口腹，于我，竟有无法抗拒的魅惑。意志如此脆弱，一生成不了大事。如此致命之伤，想改亦是休想了。

男版午餐秀

之一，某男留美二十载，一夜睡醒，出人头地，忽然被美国公司派遣回沪，出任一方首席代表。我国景气欣欣向荣，产业蒸蒸日上，城乡人民勤劳勇敢，掉在如此盛世糖缸里，做一个风光无限的首代，那种美好纷呈，真是不足与君说。眼看着某男一天比一天挺拔滋润，不免请他坐下来畅谈心得。

到底是自己人，某男一坐下来就十分推心置腹地告白，知道吗？到上海来做首代，最开心的一件事情是什么？是享受公司午餐。就是甲级写字楼里隐藏着的那种巨大的食堂啊，走遍全世界从没见过这么好吃的食堂。接下来，某男如数家珍地开始背诵食堂菜单，油面筋塞肉，肉饼炖蛋，红烧狮子头，烂糊肉丝，酱汁大肉，葱油芋艿，蚂蚁上树，盐水虾，油焖笋……华尔街强人背诵食堂菜单，口若悬河唇齿分明，真是毫不含糊，背完长叹一声，握紧我手，发自肺腑地赞叹，好吃啊，上海家常菜啊，我想了足足二十年。

是的呀，外国人那份午餐，冷冰冰一个三明治，加一个苹果叫健康，加一杯酸奶要心算热量，真真苦难。今朝咬牙翻个花样，吃碟意大利粉，已经无比难得。吃足二十年如此午餐，哪一副中国肠胃不抽筋？

首代再接再厉，非常美好地跟我耳语，这样优秀的食堂午餐，还是免费的。我听完这一句，非常配合地做昏倒状。

之二，也见过公司总裁，不吃应酬午餐，不请秘书小姐代叫外送桂林米粉，不吃食堂，不吃日式定食，今生今世吃定一样，叫做爱妻便当。

去女友家里吃晚饭，一大桌菜，漂漂亮亮款款摆好，宾主小心谨慎，一律不敢举动筷子，先由太太上桌，拿出巨大的便当盒子，精心武装老公第二天的午餐，健康营养盆满钵满地搞满一大盒，太太开言：好了，吃吧。众目睽睽盯着那只养尊处优的妖艳便当，人人把那份艳羡活活咽进肚子里。男人如此好命，不知道懂不懂得好好珍惜一辈子？

之三，老公夜里回家，春风满面深情告知，今朝中饭吃得非常乐胃。哪样乐胃法？公司对面新开了一家吴越人家，中午飞奔过去吃面，辣肉面加素鸡，好吃。下趟侬到公司来白相①，我有地方请侬吃中饭了。老公总算知己，晓得有福同享，我一介张江人民，最馋佬，就是一碗面啊一碗面。

---

① 白相，上海话，玩乐。

年食乱想

之一，一早起来，煮水泡茶，随手拿过昨夜梦前搁在床头的纸笔，继续琢磨那张犹未理清的年食清单。茶倒是慢慢饮了三杯下肚，心思却依然在甜食领域举步维艰，久久不好拿定主意。上海人家冬日里的那些小小暖暖的甜点心，随便列列已是漫漫一长串，除夕新春里，究竟要捡哪几样来煮，真是大伤脑筋的事情。手里的清单还没有放下，亲爱女友从匹兹堡（那个被她叫做美国石家庄的地方）打来越洋电话，我一接电话就眼前一黑——我跟匹兹堡女友的黑夜白昼是颠倒的，我的清晨，是她的长夜，如此而已。两个女人的越洋电话，话题居然也跟国际形势沾点荤素花边，股市楼市男人女人总统海盗，杂七杂八流水说了一大篇，六十分钟一档电视书场的时间忽忽就过去了，面前的柿饼也被我吃完了壮观的一个浅碟子。临挂电话，顺嘴问候一下女友的老公家人，女友咯咯一笑，说，老公啊，现在闲得像个退休工人，天天抱怨，约个人吃中饭，都约不到。从前在上海，她家老公大概一餐中饭，至少要转战三四张饭桌，天天跟秘书小姐轧饭档轧到痛心伤神。他太太比他还幽怨，接口跟老公讲，就算侬本事够大，约到商务或者非商务伙伴吃中饭，可是呢，在匹兹堡这种地方，恐怕也找不到吃顿可口饭的小馆子。我听完这句尾声，哗哗笑翻。我女友真真恶毒，夫妻闲话，竟然就被她讲到了这样山穷水尽的地步里去。放下电话，我坐在屋里发长呆，那张幸福漫长的年食清单，还是留待明天再继续慢慢幸福吧。

之二，年前年后，忽然勤奋，跑去汗流浃背的健身房里奋力跑步。那日接到友人从土耳其发来的短信，非常兴奋地跟我讲，我站在奥斯曼拜占庭帝国的废墟上，是如此地想念你。我在飞速运转的本埠跑步机上，含泪感恩，上下古今，不知所措地乱想了一通。另一位女友近年开始笃信某派宗教，行善积德，好人好事，做了一筐又一筐，不久还要集体奔赴某地闭关修身，一会儿青岛一会儿海南，她的老公非常敬佩地评论说，侬真是赶上盛世了，闭关修身，比我跑高尔夫码头去的地方还经典，真灵。

之三，女友来家里饮茶，进门看见我乱放在客厅里的一堆信件，伊一眼一眼看过去，忽然就朝我翻个大白眼，深度诡异地问，啥人给你写这么漂亮的信啊？我茫茫然看住那堆信件，呵呵，真是一堆非常漂亮的信，一件印着玫瑰花的粉色信封，一束丝带细腻地捆着；一件是秋香绿的信封，大有气质地印了一幅山水画卷，感觉书香门第得不得了；再有一件紫罗兰色的信封，开满一信封的斑斓野菊，还有隐隐的香槟之类水印在质感上好的纸上。我一把抓过那堆信，正色跟女友讲，这个年代，最貌似情书的来信，基本上毫无疑问地，都出自同一个人之手，这个人的名字，叫做开发商。

清茶与黑咖啡

吃茶，还是吃咖啡，一向是个很难搞定的小型恶题。

有的男人，言行举止，一针一线，都非凡洋气，想想跟这种人坐下来，定规是吃咖啡了，偏偏人家天真倜傥一笑，说，喝茶，凤凰单枞最好。这种时候我总是深度气馁，以为自己修炼半生，自负多少懂得看一点男人，结果不要说半张底牌不曾摸到，连门框子都没摸完整。不过话说回来，无论何等男人，若有一副斟茶煮水的细致功夫，我一律爱呆过去。是的，男人伸手斟茶煮水，比女人妖娆好看得多。

也有的女人，长一张苦大仇深的贫农脸，性子淳朴敦厚，妇人午餐会上，一向直起嗓门，响亮叫上一大海碗的山西刀削面。这样的女子，饭毕跟伊对饮，以为普洱香片大致对路，偏偏女人花腔妖娆，说，吃咖啡吃咖啡，还飞沙走奶①，沉沉一杯黑咖啡，状况十

① 香港人对咖啡的俗称，意思是不要加糖和奶。

分黑里俏。遭遇这种女人，我也身心无比愤懑。

还有种人，更加难搞，上半天吃咖啡，下半天吃清茶，泾渭分明，一丝不苟。这种人，似乎统统是中年男，今生今世遇见过不止一打。难搞的是，这种中年男，每个人上半天和下半天的分界线，是不同的，有的是中午十二点半，有的是下午两点一刻。这个新时代，交男朋友，要铭记的数据也实在是多。见面问伊，吃茶还是吃咖啡？人家是要先捞起手机看时间的。万一是下午两点二十分怎么办呢？男人还心潮澎湃沉思一下，咬咬牙，做下定决心赴汤蹈火状，说，好吧，今朝就陪侬吃咖啡吧。我每看见中年男的人生，纠结至此，都滚滚笑翻过去。为什么清一色都是中年男？呵呵，失眠多发人群啊。

比较不喜欢既热衷吃茶、又热衷吃咖啡的人，样样尝鲜，杯杯来劲，很滥情，还有点小贪。人到中年，太兴致勃勃了，就有点混账的意思。

更不喜欢，既不吃茶、也不吃咖啡的人，幽幽然吃白开水的人，天啊，这种人，天下一等难搞。

古往今来的好茶好咖啡极大繁多，多到不胜枚举的地步。清晨邂逅冷门好茶，午夜撞见黑马咖啡，都是一生难忘的艳遇，值得再三再四回味。不过呢，天下的好人好事，都有一个共同缺点，就是不可追。茶与咖啡，莫不如此。

一位咖啡男友，二十年跟伊坐下来，一向是看伊热腾腾喝心爱咖啡，样子总是一等甘美无与伦比。有天心血来潮，问伊，什么样的咖啡顶顶好喝？讲来听听。

人家浅饮一口，搁下骨瓷杯子，抬头妩媚一笑，总结半生经验，答，奶多，糖多，咖啡少，就好喝了。

我很抱歉，没有忍住，哗哗爆笑了一下，四溅的样子，啧啧，超级糟糕的说。

清　蒸

清蒸的好处，在于一个清字，比起其他乱七八糟的烹调手段，清蒸是一味地孤高，鹤立鸡群的派头，那么洁身自好，誓死不肯乱来。

清蒸鲜鱼，简简单单的一道菜，可是常常连大馆子都会蒸成无比尴尬的滑铁卢。端上来的鱼，要么是鲜鱼根本不鲜，异味杂陈，不堪一吃；要么是火候过头，把条鲜鱼蒸成干柴一捆，食客望上一眼，已经要在心底叹上一连串的气。

从前寄居香港，家里请过一位阿秀保姆，帮忙照顾婴儿。阿秀客家人，性格温婉，勤勉过人，是难得一见的上等保姆。这位阿秀，除了照顾婴儿手法娴熟以外，还有一手绝活，就是清蒸活鱼。我第一次吃她清蒸的鱼，着实惊为天人。原来我们请她帮佣，并没有指望她能够做饭做菜，因为我和我满门的家属，上了饭桌，个个都是挑剔成精的大小坏蛋，厨房我自己亲自下厨，保姆下厨是根本无法满足一家子的脾胃的。

这位阿秀，做其他菜，也确实没一碟拿得出手的，偏偏这味清蒸活鱼，她蒸一回是一回，比香港好多名馆子都要震撼人心。后来她每蒸鱼，我一定抱了婴儿倚在厨房门边观摩，见她的手法实在普通，没有任何俏丽花头，亦没有任何妖术，心中便十分地服她的气，端正的人，才清蒸得好一尾活鱼。

当然询问过她，怎么会蒸得如此一手好鱼。阿秀素素地答，从前的东家太太教的。她从前的东家太太我亦是认得的，一位娴雅的老妇人，做了几十年的家庭主妇，普通得不能再普通，并不是世外高人，可见顶级美食，常常是出没在寻常巷陌的。再问，有没有什么诀窍？答我，是没有的。我听完认真点头，阿秀你悟性超群，在蒸鱼这件事上。

阿秀蒸的鱼，清，腴，活，嫩，在我家里吃过饭的至爱亲朋，没有不赞的。后来我从香港迁回上海生活，还将阿秀一起带回上海，多吃了几年她蒸的鱼。那些年，我和我满门的家属，常常会点名请阿秀下厨蒸条活鱼来解馋。如今，阿秀已经回到她的老家广东梅县去了，我每在馆子里吃到蹩脚的清蒸鲜鱼，就忍不住想念起我家的阿秀来，一个把活鱼清蒸得那么雅丽的女子，几乎是令人终生难忘的。

阿秀不在了，我也时常自己下厨去清蒸活鱼，当然远不如阿秀那么得道，但是我有一个补救的法子，清蒸的时候，拿一块黄油搁在鱼身上，清蒸出来的鱼，

大致亦是清腴可喜，相当中吃的。这种法子，跟阿秀的一身朴素正气相比，基本可以算是妖术了。

另一样我十分喜欢的清蒸，是燕窝，说得更加确切一点，应该是清炖，燕窝一炖，45 分钟左右，炖成了，青瓷的炖盅揭开来，真是贵气，真是养人。暮冬冷冽的深夜里，捧着这样一盅清炖的燕窝在手心里，人生夫复何求呢？我到女友家里喝下午茶，常常看到她们从黄昏时分开始，一趟趟不厌其烦地出入厨房，为高龄的父母炖，为盛年的丈夫炖，为赶考的娇儿炖，我在客厅里端坐喝茶，看着这一切，觉得实在舒心。

跟清蒸比，红烧油炸统统都是妖魔鬼怪的末等技法，黔驴技穷地堆砌调料，用旺火滚油狂轰滥炸，让人好生不耐烦欣赏。清蒸像是大师登场，寥寥数笔，已经定好了乾坤。而红烧油炸，则像才情有限的武夫，再怎么大动干戈，也就是一场哄哄的热闹，不吃也罢了。

晴天面疙瘩

亲爱台籍女友短信召唤，明天来我家吃午餐，台湾来的面疙瘩。

我刚刚掉进泳池里,湿嗒嗒十指飞扬,立刻答,奔去。

女友再短，我老母做，要学，十一点半以前到。

我摸一把满脸的水，手忙脚乱，答，飞奔去。

第二天，是个上等脆嫩的朗朗晴天，我们张江乡下，天蓝蓝，风细细，有零星鬼佬，骑着自行车，插满一兜郁金香，妖兮兮，慢腾腾，招摇过市。

我快步走去女友家，进门娇声大叫伯母好呀，女友的六旬老母，从台北来，头顶上金光闪闪，一个厨神光圈威震四方。伯母开口跟我们小辈说话，不得了，是上海闲话啊。我大乐，拧一把女友，搞半天，你老母上海人啊？我这位女友，是重庆老父和上海老母的掌上明珠。伯母跟我得意，说，我去菜场买菜，都讲上海闲话的。

亦步亦趋跟进厨房，一瞭望，一小盘的面糊，一大锅的高汤，面糊调得黄腾腾的，我捧起来细看，是调了煮熟的番薯进去。伯母告诉，还有番薯粉的，没有番薯粉，不会那么Q。侬上海小宁①，小辰光②吃过面疙瘩伐？吃过吃过，小辰光姆妈没工夫烧饭，就弄面疙瘩吃，不过高汤是没个。伯母，我交关交关③年没吃面疙瘩了。格么④去饭厅里坐好，一歇歇就有得吃了。

一群女友，一人一海碗的面疙瘩，大骨炖起来的高汤，冬笋菌菇，虾仁淡菜，伴着黄腾腾气势磅礴的面疙瘩，啧啧，香彻云霄。我低头一碗，抬头跟伯母撒娇，人家还想添半碗呀。伯母大力拍我肩头，侬最乖，吃得最多，我欢喜。我赶紧预订下一餐，格么伯母下趟做啥小菜给我们吃呀？厨神伯母胸有成竹，砂锅鱼头。我跳起来，厉害哦。女友在旁边翻着大眼睛穷得意，我妈什么不会做？我气馁得不是一点点，等我们这辈妈咪，活到六旬，儿女可是休想吃到这些私房菜了。

隔天我短我女友，谢谢她的午餐，也谢谢她老母。女友很郁闷地复我，我带老母去逛淮海路，结果老母不开心了。看到一间叫哈尔滨食品厂的店子，很欣喜地奔进去，一看，老母很生气啊，没有一件东西是从哈尔滨来的哦。隔壁还有一间长春食品店，里面也没有什么东西是从长春来的。老母讲，怎么也没人管管的啦？

---

① 小宁，上海话，小朋友。

② 小辰光，上海话，小时候。

③ 交关，上海话，很多。

④ 格么，上海话，那么。

软 硬 饭

人间饮食，做软硬之分，几分软几分硬，通常不大好打折扣。

比如我自幼胃弱，胃病一发作，万物不想，只思念一碗鸡毛菜煨面，懒在床上，极软烂极火烫地一口一口慢慢吃下去，百般搞怪的胃，总算摆平。要是搁在平时，这样粘烂无骨的一碗面条，真是多看一眼都不会的。

江南一带的面条，通常讲究汤清面滑，软韧里面，多少还是偏软一路。想想看，上海人那碗伟大卓越的雪菜黄鱼面，要是配一挂彪悍粗壮头角峥嵘的生硬面条，那可怎么吃法？不过上海人的那碗经典无比的泡饭，倒是在软硬之间，颇难拿捏的。太软了，疑似米粥，便不是泡饭；太硬，疑似夹生饭，亦不对头。有本事把泡饭煮到分寸妥当的，一般总是资深主妇了。我自己屡试屡败，再难重温旧时口感，总结原因大致有两条，一是今日的米，不同往日，煮泡饭那种大有性格的籼米，今天大概要找泰国米来暂代；二是今日的火，亦大大地不对了，务必要那种早晨刚刚升起的煤炉，死样怪气的一点火，才煮得好那种经典口味。一碗清清爽爽的泡饭，人到熟年，倒是特别惦念在心的。

意大利面条跑到亚洲，大多煮得过分糜软，完全失去本色，不堪一吃。亚洲一些以美食出名的城市比如香港，满城饮食件件有名有姓，偏偏煮起意大利面来，很难及格，连五星酒店都不过如此。厨师总是下手太猛太狠，好好一把面，给煮得糊软无章法。跑去欧洲吃，意大利面一般煮得极其硬朗，细细的通心粉，里面总要留一点未煮透的硬芯，口感几乎类似我们中国人的夹生饭，吃不惯的，会推开盘子吃不下去。我是一吃到这种硬粉，常常精神一振，心头一阵胡乱感叹，总算吃到正经意大利面了。

法国长棍面包更是硬得离谱，没有一口好牙，还是算了不要去法国混了。真的，要是不懂得欣赏这种硬质面包，还谈什么欣赏红酒？法国男人家常饮酒，下酒之物就近取材，掰开长棍面包，一边与女人谈笑，一边拿手指抠去面包里面的软心，撕扯一块块硬皮，嚼得满嘴芳香。我们上海女人看见，真真痛在心里，作孽啊，喝酒连个下酒小菜都无，拿点面包皮凑数，啧啧，哪里像我们上海人，喝个小酒，无论如何也要弄个三四只小碟子伴伴。

上海人还有一口好吃的，面疙瘩，也是极难把握的软硬饭。今天无私一下，公开私房心得跟大家分享，调面疙瘩的粉，一半面粉一半番薯粉，最是适宜，煮出来的面疙瘩，又滑又拙，那个口感，很让人放不下的。

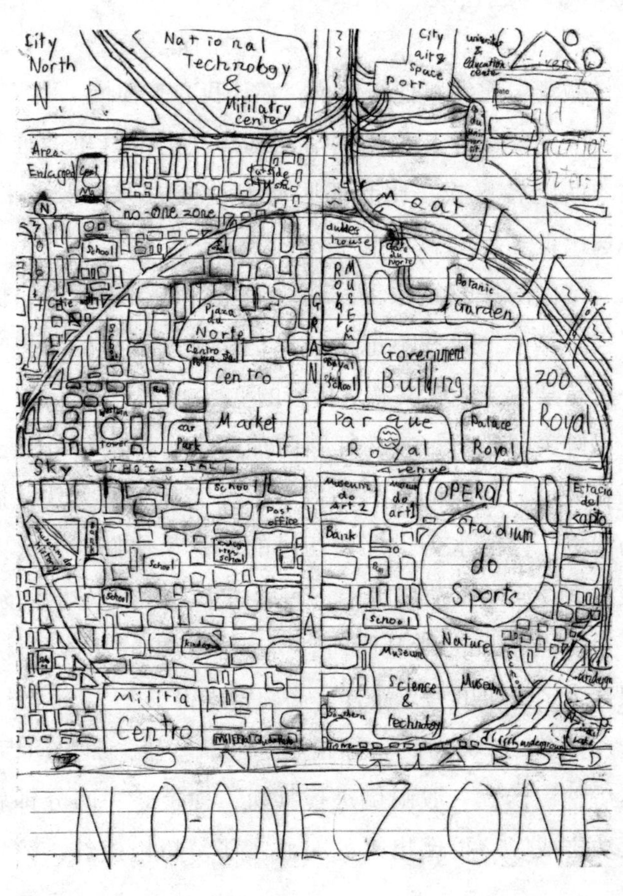

蔬 菜 汤

做汤，比做其他任何菜，都让我心旷神怡。

汤的舒缓悠长，滋润清甜，是红尘岁月里，难得的一曲婉转慢板，比起那些动刀动枪的小炒水煮来，飘逸出世多了。

常做的一款蔬菜汤，超级简单，也超级营养，做了很多年了，我都不记得最早是从哪里学来的，想来一定是某位亲爱女友私房传授的。

鲜美胡萝卜一枝，红熟番茄两大个，傻兮兮的土豆一大个，暴躁的洋葱一大个，统统乱刀切大块，搁汤锅里，盛清水盖过那些切过的混乱家伙们，大火煮滚，把浮起的番茄皮拣走，然后中火煮烂。一边煮汤，一边找点柴可夫斯基听听，等一下做成的那碗浓汤，跟这个老夫子的音乐一样，旖旎得不得了。

煮个二十来分钟，熟且烂了，加海盐，加黑胡椒，然后整锅汤，一股脑倒进搅拌机，搅搅，一两分钟就大功告成了。再倒出来的时候，那份粉艳橙红，浓情滚滚，卖相真是超一流，饿得厉害一点的，此刻真是目眩啊。

务必找深沉宽厚的汤碗来，比如粗陶的，太淡薄的汤碗，盛不起这样美艳的汤。很阳光的午餐，一人先来一碗健康蔬菜汤，喜欢香草的，飘些香草，喜欢芝士的，撒些芝士。慢慢饮完一盅蔬菜浓汤，胃口细的，只怕也有个小小半饱了。

这样简单的蔬菜汤，基本上不需要厨技，唯一可能犯的错误，是一不小心搁多了盐。

这款蔬菜汤，隆冬热饮，酷暑冷饮，四季皆宜。骗小孩子也是一级棒，好看好喝，小人们再也不会跟你胡搅蛮缠，说他们讨厌吃蔬菜了。

常常是，周末的早晨，一家人睡饱了，起来热一下隔夜煮好的蔬菜汤，烤两片粗黑面包，晒晒初秋太阳，讲讲缤纷废话，人生还想怎样？

天敌不容

家里来了一堆国际友人，柏林客巴黎客纽约客什么什么客之类，男男女女欢天喜地坐满一客厅，放眼看过去，跟个迷你青年旅舍似的。黄昏降临，大家松松垮垮听门德尔松的《无字歌》，喝清淡如水的日本啤酒，感觉十分国际。然后点起一堂蜡烛，晚风里隐约一点若有似无的茉莉花香，一本正经招待大家吃晚餐。

鬼佬超级好骗，晚餐独沽一味，芹菜牛肉煎饺，不是冷冻货，是自家手工货，我家保姆包得一手精致饺子，比机器流水线强得太多。一人一双窈窕细筷，一盘油吱吱煎饺，开饭。

干杯之后，鬼佬们分头举箸，我等着听那几声由衷的欢呼呢，比如，哦上帝啊，是这么不可思议的天堂美食啊，之类的。结果那晚有点特别，刚刚咬开一只煎饺的胖胖小肚子，柏林客眉眼立刻全体起立，警惕地问，里面是什么馅子？我翻他一个白眼，芹菜跟牛肉啊。柏林客惊慌失措丢下筷子，问我，我的背包你放哪里了？我拧过下巴，指指墙角，那里。柏林客一个健步冲过去，一屁股坐在地板上，快速翻开背包，掏出一排药片，剥开一粒，塞进嘴巴，紧闭双目十分钟，然后才幽幽睁开双眼，对我说，我忘记告诉你，我对芹菜过敏。我这才觉得，我这哪里是在招待一顿温馨的家常晚餐呢，简直跟“二战”期间的野外红十字帐篷一样，虎口抢命，分秒必争。

人的嘴巴是那么麻烦的零件，无端端的，自己给自己设了那么些个天敌。

可是这真是没办法的事情，克服也无从克服起。有个女友，性情脾气学养件件都好，就一样不好，这个女人，天生不吃椒，不光辣椒，青椒红椒黄椒，一切的椒，都不碰的。连吃 pizza，伊都要把上面星星点点的椒，拣得一干二净。有回跟伊一起去赴友人的家宴，一道主人家甚为得意的墨西哥冷汤，盛情盛在彩椒里，人人揭开椒尖，欢声饮汤。唯独伊人，苦对那个椒，偷偷推到我面前，在桌子底下哀怨地踢我几脚，我一边笑吟吟若无其事替她饮汤，一边伸手下去狠狠拧她两把。

说完别人，批评自己。一生天敌总计两个，一个是生鱼生肉绝对不碰，另一个是芥末无论黄绿见一次快逃一次。这两件，仿佛都跟茹毛饮血沾边。不过亦有例外，蚶子却是至爱，尤其那种娟秀玲珑的银蚶子，遇见了，总是难舍难分，务必淋淋漓漓，吃到十指滴血。

我的鸡汤

不爱喝鸡汤的中国人，我这小小半辈子里，一个也不曾遇见过。无论我们的物质生活繁荣到何等地步，鸡汤从来都没有落寞过，亦从来都没有过时过，鸡汤的地位始终是高的、补的、体面的，鸡汤称得起是我们中国汤里的天皇巨星，鱼翅鲍鱼都拿它没办法。

鸡汤的花样，多如繁星，不过大致还是可以分分的。无非两种，一种清鸡汤，一种不清。彼此各有各的姿色，亦各有各的粉丝。贪心食客是两种风格的鸡汤都要吃全，开动脑筋，想出来两步吃法，先吃清鸡汤，以食鸡为主，然后拿那个原汁清汤，去加料再滚，粉丝鸡毛菜之类，煮煮又是热气腾腾一锅，吃起来皆大欢喜，荤素齐备，很尽兴。

我是保守那一派的，只懂得欣赏清鸡汤，非常不耐烦鸡汤里混杂上乱七八糟一大堆东西，喧宾夺主成何体统。从前家里老人病弱，端上去的那碗千锤百炼的鸡汤，如果不是清的，几乎是要被视作儿女不孝的。

鸡汤一定要清澈，才有那股馥郁高香，这种香，跟咖啡一样，一旦被搅散搅浑了，东西吃起来就没劲了。所以，我比较钟情正派的鸡汤，歪门邪道的杂锅乱炖冒牌鸡汤，谢谢，我就不喝了。

我也深深热爱鸡汤上浮起的那层黄澄澄的鸡油，一碗清鸡汤，要是看不见这层赛似蜜蜡般美丽的鸡油，那还算什么正经鸡汤？怕老怕胖怕癌怕鸡油的健康分子，干脆跟鸡汤说永别算了，省得每一次面对一碗鸡汤，都要天人交战百般苦下决心。

煮鸡汤，一点秘诀都没有，只有一条要则：找好鸡，鸡不好，纵有再精深博大的厨艺，也无济于事的。

上好母鸡洗净切大件出净水，记得是切大件，切太碎了，很不舒服的。拿大锅耐心炖足 90 至 120 分钟，中途不要开盖不要添水不要断火。我煮鸡汤，连酒和葱都不加，只加姜片，酒和葱都会改变鸡汤的纯净颜色，我嫌龌龊，一概不用。

家里常煮的一款鸡汤，有一点点违背清鸡汤的原则，我放白果一起炖，白果非常君子，一不混色，二不混味，煮成的白果鸡汤原汤原色原香，而白果添的，是缠绵悱恻的柔糯跟滋补。只是这个白果鸡汤，剥白果的功夫真真费力透顶，用冷冻的白果吗？便完全不是那么回事情了。

在我家里喝过白果鸡汤的客人，大多赞不绝口，而且一般都是一人一碗，要添都没有的，常常有客人

意犹未尽朝我乱翻白眼。而我依稀记得，第一次邂逅这个白果鸡汤，是隆冬天气去寒冷的山里旅行，夜晚孤清的山村小铺里，直接跑去灶下看看有什么暖身食物，有一款山药排骨汤，还有一款白果鸡汤，在柴火灶下娓娓炖了很久。我们什么也没吃，就喝了那两锅汤，山里的汤，滋味格外悠长浓郁，叫人好生难忘。再后来去任何山里旅行，我都记得带些山里的野生白果回来，闲时在家，慢慢剥，慢慢炖鸡汤，补补自己，补补家人和友人。

午餐一星期

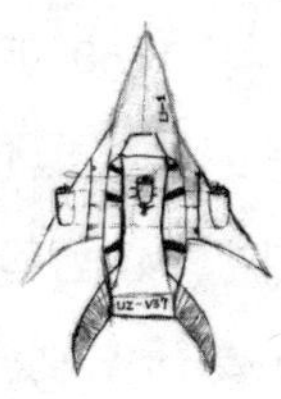

礼拜一，忽然很想很想吃泰国菜，那种刻薄尖酸的酸，大红大绿的派头，我是定期就会想念一下的。这几年泰国菜因为形象健康，多吃不胖，风靡全球，可是我城却赶不上这趟时髦，城中像样的泰国馆子，数不出三家。不要紧，我有亲爱友人，是泰国人，打个电话过去，拜托她午餐多煮一份，过了十二点，我横着就去了人家家里，冬阴功连尽三盅意犹未尽。吃饱喝足，女友问，你今年不是要学法语吗？都四月了，学了吗？厚颜跟伊讲，还没有啊，怕太难学，学不下去。女友拍我手背，软语说，学吧，你看我，多学了一门中文，像多活了一辈子。多么好。

礼拜二，老友从别城来，一起去小馆子午餐，春光潋滟，坐在露天，戴好太阳眼镜吃生煎包子排骨年糕。老友夹了一大包宝贝，一枚一枚拿出来献宝。是伊刚刚从欧洲收来的一批铜版画，法国人画的 1860 年的北京城全景，以及庚子年里的那些战事，最古旧的一张，是1700年的厦门，墨色如新，精细异常，荷兰纸薄得让人心跳。老友胆战心惊，看我十指油腻，沾满肉汁香葱，生怕我油污了1860年的宝贝。算了啦，我翻给你看吧。慢慢吃完一碟生煎包子，看完一卷老画，我在墨镜后面闭起眼睛，心潮起伏。

礼拜三，新加坡女友要开家宴，前一个礼拜已经早早约好。进门直奔餐桌，连拥吻礼节都省了。主人家摆了一桌的英国瓷器，细得腻手。浓香的热面包，追随着鹅肝酱上桌，吃完一巨盘子的色拉，跟着是锡纸包烤的三文鱼。餐间女主人接了一个国际电话，是她新加坡的地产中介打来的，通知她，委托的房子卖掉了。女主人笑靥如花，频频举杯，呵呵，卖了个超级好价钱。一桌子的亚洲女业主纷纷开始讨论房价，亚洲遍地涨价，势不可挡，醒狮一吼，天地震动。

礼拜四，下午一点要去上课，边开车边吃一杯酸奶一枚香蕉，听巴赫的平均律，上课之前，心思要清静一点，否则老师会生气。

礼拜五，隔壁人家搬来一户鬼佬，搬家场面着实壮观，我哪里也不去了，煮一锅子腌笃鲜，搬张舒服凳子，坐在窗前，看人家搬家。明式的书桌，清式的椅子，仿宋的瓷器，大捧大捧的画轴子，石磨提篮什么都有，不得了，陆陆续续搬了几个朝代进来了。一对狗狗奔前奔后，振奋得很。然后高度惊人地搬了一部古色古香的黄包车，妖娆地停在自家院子里。的确，这年头停辆玛莎拉蒂在院子里，实在不算什么，停辆黄包车才算妖到位了。我吃完一小锅腌笃鲜，喝完一壶滚热普洱，隔壁的家才刚刚搬了一小半。

礼拜六，天气晴好，带小包子去附近的河边野餐，包子热汗淋漓，在河边处心积虑捞了半日蝌蚪，上来洗干净小手，吃软糯的红米饭团。阳光浓浓，春风细细，吃完慢慢在草地上睡个午觉。

礼拜天，带包子去面馆吃面，包子是个小面痴，一个礼拜没有面吃，会心烦着急。雪菜面上加盖一片大排，包子吃得热气腾腾小脸通红。看看，新一代上海人，在成长。

夏天的鳗鱼饭

夏天漫长，想念的吃食，也比较繁杂。

第一涌上心头的，很奇异，竟不是清淡宜人的绿豆粥冬瓜茶各色凉面，而是鳗鱼饭，日本人夏至日的规定食物，这碗绝品饭，当真好吃极了。可惜的是，本埠几乎没有一间馆子，做得来这等人间美味。从前长乐路上还有间极迷你的鳗福，烟熏火燎地开了不两年，便不见了。现在比较吃得过去的，是北京西路上的石见，小得转身都困难的一间店子，中午进去，总是满房间的世界各地人民，状况十分纽约。

鳗鱼饭的好吃，一是鳗鱼的丰美，厚腻至极，腴滑亦至极，浓糖赤酱，滋味厚重堪比本帮菜里的红烧鮰鱼，而鳗鱼饭又比红烧鮰鱼艳美一层，软腻妖娆得不得了。

鳗鱼饭的好吃，二是米饭的讲究，本埠鳗鱼饭不可吃的一个重大原因，便是米饭粗劣不堪入口，实在太败坏人的兴致。鱼之美，务必要拼接了米饭之美，才修成上等美食。这个哲理，照说中国人应比日本人更为刻骨懂得，事情偏偏不是这样，真也令人惆怅。日本满街的馆子，无论大小，处处做得一碗极品米饭，加一盅味噌汤和一粒腌梅子，完美构成日本人的味觉乡愁。而本埠的馆子，一碗米饭认真煮及格的，好像不会多过五间吧，其中三间，大概还是日本人经营的食店。还有些馆子，有一道菜，日式烤鳗，孤零零地，盘子里摆一条很大很大的烤鳗，尺寸震撼人心，声势相当爆发，然而鳗鱼少了米饭，还有什么好吃？

鳗鱼饭的好吃，三是它的简约，主题十分简单明确，鱼和饭罢了。而鱼，尽量肥大就对了，鱼大则美，没有其他的讲究。这么多年，跟太多友人一起吃过鳗鱼饭，我最烦的，是人家在吃饭之前问我，鳗鱼饭？会不会很腥？我十分懒得回答这样的问题，每被问，一概当做没听见。一提鱼，就反射出腥气二字来，这样的人生，实在是不要也罢。

日式饮食一向清幽淡静，无风无浪，高度禅兮兮，鳗鱼饭一反常态红尘滚滚，是一枝离魂奇葩。搁在夏至日吃，说法是补充长夏流失的营养，这种重磅食物最能重拾人的淋漓元气。这样的说法，好像很鼓舞人的胃口，怂恿大家三伏天里挥汗吃鳗鱼饭。其实除了夏至，鳗鱼饭一年四季都是迷人美食，时刻让人牵肠挂肚，亦常常是我去日本旅行的目的之一。

二十年前，亲爱女友教我一种鳗鱼三明治，极松软的日式吐司面包，烤得滚热微脆，夹一片至肥至烫的鳗鱼，一点清爽生菜丝，捧起来即吃，这种三明治，让人热泪滚滚，全世界第一名啊。

不过鳗鱼是强酸食物，我也一把年纪了，真也不敢吃得太不节制了。糙米的鳗鱼饭？这个我就不吃了。

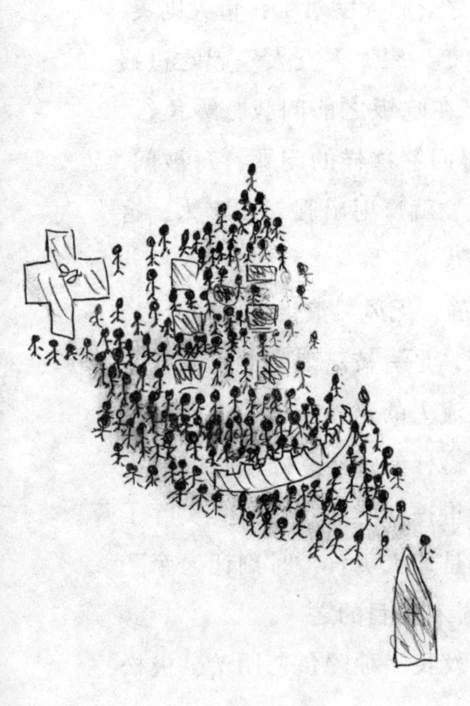

辛党花絮

辛党，辛辣之辛，辛党意即芸芸辣味爱好者。

我国辛党，传统产地在川湘诸省，不过也不尽然。摊开我国地图仔细看看，除了江浙两省，外加闽粤港澳台，几乎没有一地不嗜辣成欢。要想在中国走走看看，不肯开口吃辣，就很没劲了。包子幼稚园年纪，第一次跟我去重庆，一餐午饭，吃得小人大怒，因为被辣得人仰马翻。我这个妈咪心肠够硬，现场教导小人，忍无可忍从头再忍。数日之后，包子已经能够跟着我们从红潮滚滚的鱼头火锅里，水深火热地大捕大捞。

上海饮食一向少见辛辣，八宝辣酱出轨算是出到了头，老派上海人，也少有拿老干妈辣酱沾南翔小笼①那种摇滚食法的，满街点心店里，聊备一格的一盅辣伙，实在是辣极有限，最狠最泼辣的那碗辣肉面，几乎就是本埠家常辣事的顶端了。

---

① 南翔小笼，上海市嘉定区南翔镇的传统名产。

不过，近年上海口味风起云涌大肆革命，那个不甘寂寞大有性情的辣，星火燎原，火烧火燎，大幅改写沪式饮食经纬。川湘桂黔，党派林立，偏麻偏酸，各有妖娆秘技，年轻辛党不堪引诱纷纷落马，麻辣烫桂林米粉淋淋漓漓开到成行成市，爆鱼面焖肉面落寞惆怅不一而足。常见常有的本埠一景，是麻辣烫的食摊前，娇小美艳的上海小姐，不厌其详地叮嘱小老板重辣重辣不要手软。去甲级写字楼做个民意调查，有几个总裁秘书，午餐时分没有替老板叫过外卖桂林米粉。我起码听过一个连的川军惊呼，啊，啊，上海小姐这么能吃辣啊……

深有意思的一个特征是，本埠辛党，竟然以女生为主力，数量远远飙在男生之上。麻辣小龙虾的店堂里，吃得十指滴血的，九成九是本埠女生，剩下百分之一的那个男生，也是被女友迫着来陪吃的。服装市场门口，一个小到迷你的麻辣烫食摊，日日夜夜挤满迷情女生，几年下来演绎成一个本埠传奇。好像上海小姐不再是甜腻可人的糖醋排骨掼奶油，该如何形容她们呢？我痛感自己笔涩词穷。真的，如果爱玲再世，不知会怎么说。

辣字当头，辛党风行，我城红尘万丈，这真的是一个走路都要小跑步的都会，我的那些从欧美回沪定居的女友，用不了半年，无一漏网人人爱死麻辣烫，每星期忠心耿耿定时去川湘菜馆报到。据她们告诉我，呼朋引类寻辣吃辣，是在上海过日子的 must do。

雪菜豆瓣酥

雪菜豆瓣酥是上海人的一味家常菜，清明上市的蚕豆，碧青碧青的，和雪菜一起煮烂，捣酥，压进模子里成方方的一砖，凉食热食皆宜，酥，糯，肥，鲜，清，香，那个滋味真是难以言表，人见人爱，感觉非常江南，如果吃着如此清爽小碟子，身边还有佳人相依偎，福气要算不浅了。

说起来并不是那么复杂的一碟小菜，可是外埠却少有做得好味的，包括那些名声很响亮的馆子，一出手，就是一个不知所云。香港有间名声极大的上海菜馆，里里外外都是中年妇人打理，据说全班人马都是沪籍人士，满怀激情地跑去吃，兴冲冲一筷子递到嘴里，兜起来的，竟是一肚子的扫兴。

有位香港友人来上海，初尝此菜，惊为天味，一叠声赞叹，素火腿，素火腿。同桌的上海人站起来，握紧香港友人的手，谦虚地说，让你说得这么好，我们上海人从来没有想到过把它跟素火腿比啊。

香港友人说得好吗？不见得啊，让香港人一说，倒是给说俗了。

无论如何，清明时节到上海下馆子，记得点一碟子雪菜豆瓣酥，平常价钱，超值享受，倒是真的。

腌渍岁月

我对腌渍有兴趣，一年到头，总想找个阴暗角落，腌点什么吃的喝的。四季里面，心情一糟糕起来，在屋里坐着都不稳，心慌慌地就去翻坛子，把腌的东西，弄点出来，仔仔细细吃一吃，一般心情就好起来了。以前我总想不明白，为什么吃点腌物，会把一团乱麻的心情整顿好。这两年人到熟年，总算想通了。原来，腌物这种东西，有着悠长岁月的斑斑痕迹，滋味深邃，心平气和，就着浓热普洱茶，一碟子慢慢吃完，百般忙乱的心思，那是不平也难了。

特地跑去女友家里，看她家的东北女佣，大手笔地腌酸菜，腌好了的酸菜，美貌无比，是玉色的。炒一大盘子粉条来吃，真真秀美清丽。这种村姑作品，令人倾倒再三。

也喜欢看京都老妇人腌梅子，那份讲究，很震撼人心。日本人的梅子是腌成咸味的，脆脆的青梅子下去腌，腌成了，是不可言说的朱红绛红脏粉红，靠一把千锤百炼的盐，加一大捧的紫苏，以及一双曼妙的女人手。若干光阴沉沉播撒下去，腌到头了，尚要一颗一颗从坛子里取出来，摆到太阳底下曝晒。梅子上市的时节，刚好是梅雨锁城。女人濡着一身的细汗，在细篾上铺起粉白的纱布，旧日饱满的青梅，岁月苍苍皱成了一团糟，那个城府，果然是深得不得了。曝晒三天，完了以后，还要放到月亮底下清晒，月光的阴寒冰凉，一点一滴晒进梅子里。无数的耐心，无数的枯等，把野心一一收藏起来，安详地等，最后等到的，是一坛子风华绝代的梅子。这么禅的事情，轻描淡写地，也就年复一年，做了下来。四季晨昏，白粥跟前那粒脏粉红的梅子，真真大智若愚，淹然风流。

人在上海，梅雨一到，总是手痒心痒嘴巴痒，要浸一点杨梅酒来饮。一边饮着杯里的，一边想着下一杯，或者是玫瑰烧，或者是桂花陈。以前年轻气盛，等不及地渴饮，酒刚刚浸下去，就拿去微波炉里飞转，紧转慢转一组花样组合转之后，那个酒立刻就打开来饮。这种速成事情，如今我是不再做的了，家里不置微波炉也至少有十年了。

冬日岁暮，腌家乡肉，腌酱油肉，腌猪蹄子，腌鳗鲞，都是我热爱的事情。在这种鱼肉游戏里，跟岁月送往迎来缠绵一下子，还是满有意思的。

我还喜欢看韩国女人腌泡菜，那种红彤彤的壮丽，下手之狠之猛之暴烈，都是很说明问题的。每次去韩

国人家里做客，瞻仰她们堆满一个储藏室的坛坛罐罐，我都馋得举步维艰。

至于绍兴人宁波人花样纷呈的霉渍菜，那更是妖艳媚人，纸短霉多，一言难尽。还有日本人的浅渍，糠渍，都是很让我心跳的腌物。怎么办呢？世上有意思的食物，实在是太多太多了。

羊痴在行动

天还没怎么冷，已经百般想念羊肉，没办法，羊痴一个，看到各色羊肉，意志力全面崩溃掉。

说是带包子去苏州爬山看红叶，其实是想念一口藏书羊肉。一车飞到苏州，正好午饭时间，山下藏书羊肉招牌林立，可惜间间门面狭窄，坐立不安。拣了间小饭馆闯进去，老板娘客气得来，说，你坐啦，要吃羊肉啊？便当①个，我叫对面老铺子送过来，你再吃我两只小菜，交关好个。

白切的羊腿肉，老板加原汁羊汤、羊血，滚得热烈，青蒜叶子细细一撒，热腾腾端过街来。汤头既清又浓，羊肉软嫩之外，更有馥郁肉香。包子一边吃一边频频看我，满脸是一串串惊异。另外点了小饭馆几个菜，不好意思，老板娘，跟羊肉一比，你家的菜，还有什么吃头？其实最好的吃法，是在那个羊汤里，

---

① 便当，上海话，方便。

搁些细滑粉丝，一大碗，就极好。有点类似西安的羊肉水盆，不搁泡馍，加些黑木耳红萝卜大白菜。不过藏书羊肉，吃起来比西安的水盆，口感可是细致灵巧多了。

饭后一边喝茶，一边走去对面老铺子，跟老板讲讲闲话。很年轻的一对夫妻，说是每早两三点就要起来杀羊。拎出几条煮好的羊腿给我看，此时此刻，那腿比米开朗基罗生动多了。

隔不几天，又奔去涮羊肉。涮羊肉务必要热气羊肉，冷冻起来的羊肉片子，仿佛在吃宣纸一样，一点没劲。热气羊肉薄薄片开，肥润，嫩滑，响亮，滚一身芝麻酱调料，谢谢天，阿拉①中国人，三生有福。

① 阿拉，上海话，咱们。

油炸与烟熏

油炸是一种粗放浑厚的料理手段，烈火烹油，猛准狠稳。清贫年代里，一家子堂堂开油锅，通常吸引得满条弄堂的邻居引颈深呼吸。滚油沸腾，片刻即得，鱼肉丸子，捞起来便吃，那么一口酥脆浓香，满嘴流油，极大满足贫弱口腹，迅速提升人生幸福指数，基本上人见人爱。

而其中爱得顶顶水深火热，是洋人和小人。样样食材烈油里打个滚，沾上红红黄黄各色中外酱料，便是不容置疑的人间美味。油炸的关键词，一烫，一脆，洋人和小人，只要讲到那个脆字，那可真是顷刻之间心都粉粉碎尽，一个个不由自主，从心底里开出笑颜来。谢谢天，造人的时候，暗藏了如此机密的一款味觉在茫茫人体里，这一笔，给荒凉人生平添了多少家常乐趣。

跟洋人同桌吃过烤鸭的我国同胞，一定听过洋人由衷的赞美，很脆很脆。赞词虽然贫乏单调，可真是肺腑真言。那一小碟子一口酥的烤鸭皮，通常一举就击溃了洋人们的从唇齿至心灵的全副防线。至于烤鸭其他方面的细腻美味，诸如春饼如何之薄腻，沾酱如何之细致，葱白如何之肥嫩，大多等而次之，不太能够跟他们分享其中的奥妙。

油炸英文称作 deep fry，那真是神来之笔，深沉浓重，热油滂沱，在料理世界里，已是相当轰隆隆的一派局面。而日本人偏偏出鬼，他们弄出来的油炸食物，仿佛不曾下过油，亦仿佛不曾沸滚过，那种天妇罗，如清蒸般的飘逸，如凉拌似的清俊，沾一点海盐，或者沾一点萝卜细泥，禅兮兮地吃下去，比吃素还出尘，好像跟油炸完全没有瓜葛。日本人各行各业，此起彼伏，最是层出此种诡异手段。而这种缥缈的炸物，亦果然令人百吃不厌，那份深深的吃不透，大概是一种十分要命的绝杀。

除了天妇罗，油炸料理通常都比较草根，很难做到雅俗共赏，炸猪排，炸桂花肉，炸松鼠鳜鱼，炸此炸彼，大多适宜在小饭馆里辗转腾挪，正经台面不太能够跻身。这也不要什么紧，我倒是喜欢，在黑雨的秋夜，隐在小饭馆里，听后面厨房的滚热油锅紧拉慢唱，心狠手辣炸出一盘子漆黑的臭豆腐，嗯，那是多么适合枯怀独坐伤心落泪的一餐晚饭啊。

而烟熏就刚好相反，靠死样怪气一缕青烟，慢腾腾薰熟鱼肉鸡鸭，那种幽咽迷离，难描难画，跟油炸

相携，简直就是人间一对怨偶。而烟熏的好，便是好在那种入骨的香幽，跟油炸那种十分表面的酥脆，宛如云泥。油炸如胖壮汉，烟熏如小女子，一一都是人世的好。

最近吃的好吃的

之一，过了白露，早晚秋意渐浓，想着丝瓜快要落市了，心里不免荒荒的，有点舍不得，舍不得四季光阴，亦舍不得丝瓜这位碧玉美人。赶在季节的脚后跟上，仔细煮几顿丝瓜面吃。

家里有指甲盖儿大的细小干贝，泡好了，微微一点清油，爆爆，倾半锅好汤下去，一边滚滚的，一边就把丝瓜搁进去，焖到恰恰有点软，赶紧关火。李笠翁讲丝瓜顶顶怕生，可是丝瓜煮过头，那是比生更无趣的烂，是断断要不得的。丝瓜要那点清，滑，软，还有香，碧色澄澄，软玉温香。再来一挂银丝细面，宽宽地卧在丝瓜汤里，这就好了。若是煮给包子小人吃，还卖力打两个蛋白，那点清白飘逸，依旧还在。

夏日午后，吃一碗丝瓜面，喝一点龙井冰茶，我觉得是一等美味了。

之二，家里一堆的干果，度过了万恶的黄梅天，还劫后余生，不霉不烂，真真好样儿的。每个罐子里抓一把出来，白葡萄干儿，红葡萄干儿，杏干儿，番茄干儿，西梅干儿，枸杞子，红红绿绿，堆在一起，仔细淘洗干净了，随便切切，拿清水煮滚，耐心滚个十分钟，关了火，焖在那里。半日之后，那些干果，一一涨得秾丽饱满，汁水蜜甜沁酸，放凉了，就好吃了。这个东西，是早年在内蒙古旅行，于一处黑咕隆咚的夜市上吃到的，当地人叫这个干果稀。闷热的夜里，冰凉冰凉地盛一碗给你，真是甘美得不得了。后来在家里煮，每每深得人心。卖相好，营养亦是好的。吃完了，饮点滚热的普洱，我觉得也是一等美味了。

之三，然后就想念起苦瓜来，喜欢榨汁来饮，一样也不加，就是纯纯的一条苦瓜，心狠手辣榨取一杯青汁，搁在床头，一边看闲书，一边慢慢饮，反复体会甘苦二字。不喜欢在苦瓜汁里加苹果，加凤梨，加西芹，苦瓜那么高贵的清苦，不知道是修了多少世才修来的，随便抹杀那点清苦，简直是罪过。就这样一杯一清二白的苦瓜汁，我也觉得是一等美味了。

之四，然后就琢磨着煮点红枣来吃，我是骨灰级的红枣粉丝，一年四季离不开大小枣子。家里保姆阿姨做得一手响亮面食，就跟阿姨商量，蒸点枣馍吧，阿姨兴高采烈好啊好啊直接就奔面缸去了。和田玉枣剥出枣肉来，粗粗切碎，揉在全麦面粉里。傍晚等我回家，还没进门，已是满楼的枣香扑鼻。立在厨房里，现场抓一个来吃，和田玉枣里的那点精华枣油，点点滴滴，渗在面里，软腻恰到好处，香彻云霄。隔日枣馍凉了，切厚片，烤烤，焦香四溢的那一刻，抹满满一勺子酸奶油，啧啧，一等美味啊。

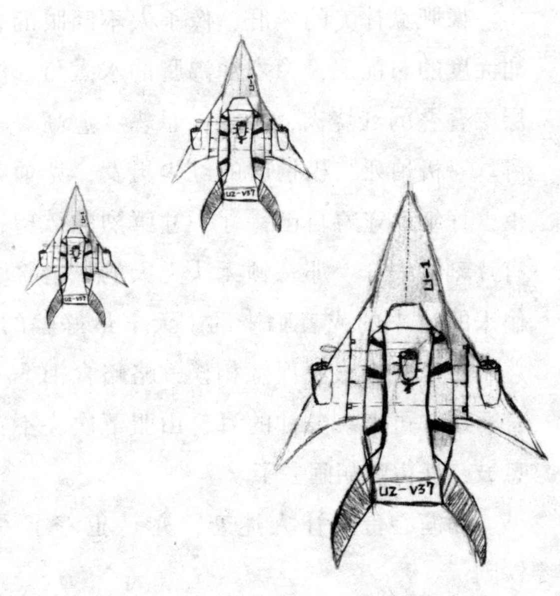

溏 心 蛋

事到如今，大抵一样食物，能让人爱到心软口软魂萦梦牵，总是必须犯着一条铁则，就是让人爱恨交织。

像肥腻甘美的鹅肝，像杀人不眨眼的香烟，像黑甜无度的布朗尼，像烈油沸腾的水煮鱼，像水晶夹沙层层叠叠的红烧肉，等等，罪恶度愈高，幸福度愈澎湃。一极怕死二极怕胖的红尘男女，克勤克俭日日夜夜，仔细看守着自己一寸一寸鲜烈的欲望，却难免会有片刻的失守。那一顿无法无天的纵情饕餮，简直是偷来的抢来的或者骗来的。天下最好骗的那个笨蛋，总是自己。嘴跟心促膝相谈，略略含泪，一分钟的花言巧语，再来一分钟的海誓山盟下次决不，心便偃旗息鼓，任由嘴胡闹去了。

而溏心蛋的让人迷恋，亦是犯着了爱恨交织的铁则。

溏心蛋的可恨可爱，在一个软硬未知的分寸上头。

吃了半辈子的溏心蛋，可曾吃到过两枚相同质感的？想必不曾有过。于潋滟晨光里，半梦半醒间，邂逅一枚完美溏心蛋，唇齿染到金黄的片刻晕眩，真是可堪回味半生的。那种顶级完美，柔软细滑，可遇不可期。更加万恶，是天杀的不可追。日语里，称溏心蛋是半熟卵，真真别具怀抱。

溏心蛋的鬼，还鬼在无法尽兴。早餐盘子里，顶多两枚溏心蛋，无论多么小心翼翼慎重再慎重珍惜复珍惜，到底转瞬便滑落了肚中。手起鹘落，速战速决，两团小小尤物就灭迹了。吃完眼呆呆，享不尽的繁复滋味盘桓心头，却也不可能再吃两个了。从没见过哪个暴徒，早餐溏心蛋一吃吃上个半打一打的。无法尽兴的欲望，是多么折磨人。

溏心蛋的坏，还坏在无法吃得好看，美食逼人，逼到你丢尽一切教养，全力以赴，彻底服软，那种恶坏欺人，别的食物，当真不曾见过。看过无数优雅男女，一吃溏心蛋，铁定滑铁卢。吃相狼狈，左右失守，弄得满盘满嘴的泥泞，大致是无法避免的下场。最疼爱你的男人，此时此刻，一定放下刀叉，备好雪白餐巾，含笑替你拭去唇边残留的金色蛋液。那种默默的温存纵容，最是值得再三珍惜。

我会煮所有的蛋，而且自负煮得不输一流，可是我却不会煮溏心蛋，亦不想学。那样峻刻地候分刻数，守着两枚蛋守着整副心思，于我的性子太相违背。不

想这样地严守规矩，不想这样地委屈自己，为蛋也好，为人也罢。

必须补一笔，这里写的溏心蛋，是指那种带壳白水煮然后剥了壳没骨柔软躺在盘子里或者面包片上的，油煎的荷包溏心蛋，糖水里载浮载沉的水浦溏心蛋，都不算。

一尾鱼的幸福吃法

>>>

大衣与慈菇

之一，暖冬有一点苦难，就是穿大衣的日子，平白地，掐头去尾，少了好多。本来上海这种纬度，一年里头，能穿大衣风流一下的好日子，已经屈指可数，如此一暖冬，就更加可怜巴巴没几天可以穿戴了。

大衣是四季衣衫里的天皇巨星，杀气腾腾，永垂不朽，一衣上身，气象壮丽。臃肿猥琐的羽绒服，跟大衣比，真是太小人太没骨子。没劲的是，江南山水里，羽绒服十居其九，大衣顶多居其一，男女老少，各阶层人群，莫不如是。苍茫冬日里，看了多少令人胸闷紧添一层。

大衣的好，不一而足。又挺又飘，亦商亦儒，是其一。做校长做教授的，隆冬天气里，一袭羊绒大衣，烟灰或者深驼，清黑或者奶咖，色色都好，清雅出尘，腹有诗书。举手投足的师道尊严，这就有了。行商之辈，冬日里穿着羽绒服顶风冒雪，多少有点仓皇和奔波，远不如一身裁剪合度的长大衣，来得稳重端凝坚忍不拔。可惜，如今穿大衣的，多是广厦里虚张声势的高级保安或者冷若冰霜的空中小姐，医生律师银行家们，倒是匆匆裹着羽绒服奔进奔出，命运状况十分草根。看起来，乱七八糟的，岂止是全球暖化之下的四季气温，亦有人心世相其他等等。

我唯一见不得，是穿白色大衣的女子，这种女子，大多疯狂自恋，要名要利，缺一不可。挤在人堆里，绝对不甘人后，千方百计咬牙切齿，一定要做头角峥嵘的第一名。做第一名，没什么不好，问题是，这个第一名，是你命里的，果然是好极了，若不是你小姐命里的，今生今世争个头破血流，这是何苦来哉？

之二，江南秋冬，慈菇文静出场，这位姑子，因为拖着条长辫子，人称清朝姑子。清朝姑子今年动静真真大，大红大紫，畅销一时。又防癌又抗污染，简直赛人参赛虫草。红姑子跟人一样，红到极致了，必被妖魔化，被攻击为水银含量怎样怎样，又致癌又阴毒，反正一无是处。我对慈菇的感情是饱满和坚贞的，不因流言而稍减，在别人举棋不定的时候，我们勤勤恳恳一如既往埋头吃慈菇。

慈菇炖肉，很粉很婉转很闷骚，跟莲藕炖排骨，山药炖排骨，异曲同工，令人心生爱意。不过慈菇还略胜一筹，因为那点点若有似无的清苦，天然一抹妙韵，深可回味。

慈菇炒肉片，沈从文老先生懂吃，一筷子下来，就赞格高，我们小人物，除了跟着痛吃，还有什么话讲？

炸慈菇片，从前苏州人过年的一味小零嘴，衣食丰足之后的心思活嘴巴刁创意足。想想一整年没开油锅了，到了冬至日，也轰轰烈烈开一次，炸慈菇片，炸春卷，炸龙虾片，炸得包子小人坐立不安口水如瀑，楼上楼下，擎着十根手指，吸血鬼一般油滴滴的。

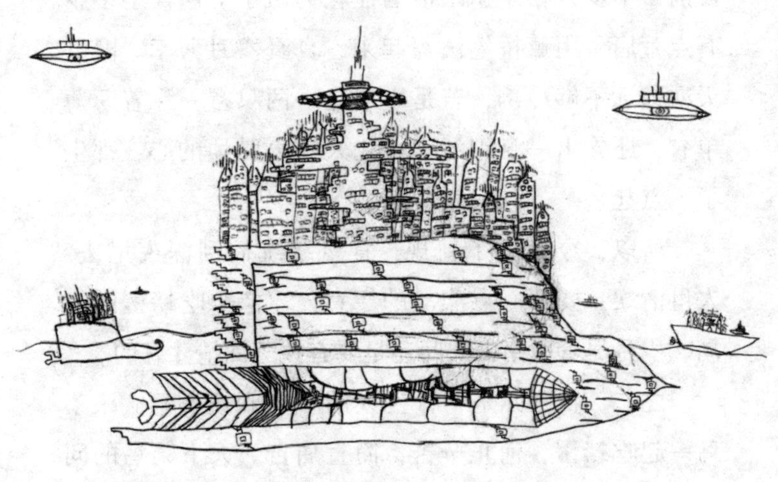

当世界没有陆地　　Sep, 23, 2007 Marcus

蟹季流水

之一，今年有福，螃蟹丰足腴厚，价钱亦是喜人廉宜。不过如今食蟹，有点小小不堪，拌着桂花香，就浓情滚滚地吃了。这个多么搞笑，螃蟹这种旷世尤物，从来都是就着清雅菊花吃的，现在竟自说自话，挪前一个岁月格子，跟俗丽桂花为伍了。这样子多少有点荒唐，用董桥笔法写起来，真真岁月薄幸。况且天亦远远不够冷冽，若是中午吃一两只蟹，穿着薄薄单衣，还弄出一身细汗来。让人鄙夷腻烦的心，都生了一点起来。

所以，今年添了新规，食蟹统统搁到深夜里去。人世清欢，要那一点凛凛的寒意，才像个吃螃蟹的格局。岁月尽管薄幸，人间还是要有执著深情才好的。

之二，食蟹亦是十分挑人的一件麻烦事情。跟菜鸟一起吃螃蟹，何止辛苦，简直痛苦。天下菜鸟的问题十分百科，哪里可吃哪里不可吃，动手动脚先动哪里后动哪里，侬讲给我听听好不好啊。我冷个脸一句也不想讲。出来食蟹为什么不勤奋做功课？你如此轻慢荒疏，如何对得起为你捐躯的美貌螃蟹？然而，麻烦的是，出门食蟹之前，哪里会知道今夜会不会在蟹宴上邂逅菜鸟呢？这是个比猜诺贝尔奖还难的死题不是吗？无法可想，只好默默再添一条新规，不跟陌生人食蟹。

之三，今年的第一只蟹，居然是在京城里吃的。去京城访友，投宿在亲爱女友家，第一夜的丰盛晚餐，女友蒸了螃蟹来。四个人吃饭，三只蟹摆在桌子上。我有点胆战心惊，不懂这是哪门子的食法？京派吗？是我太井底之蛙吗？反正没敢开口问。临到吃，女友给我和包子一人一只，自己拣了一只，这就分完了，伊那位荷兰老公眼睁睁地，不吃。我哪里好意思下手，殷勤谦让起来，荷兰老男人敛手垂眼，跟端详毒药似的，说，我不吃这个的。女友在旁边且笑且翻白眼，你们反正带骨头带壳的，都搞不定。荷兰老男人小愤愤，极有原则地讲，带骨头带壳，我都可以忍受，唯一不理解，是何必花那么深刻的辛苦，去得到那么少的肉。说完端起红酒频频摇头，弄得我们三个埋头食蟹的中国人民，一幅小奸小坏往死里淘食的饥荒景象。

食髓知味，这个鸿沟，比巨大还大。

之四，深夜里，跟亲爱的一对一饮酒食蟹，讲好了的，先一起开动，吃一大只过瘾，然后轮流，一人食蟹，一人讲废话，食完一只，角色互换。这个好玩，若是两个人一起埋头食蟹，真是静悄悄地人声寂灭，超没意思的。那个亲爱的饮到深夜，有一点点小醉，居然出个小题高考我，讲讲，枯的东西。我吃着如此腴美的食物，伊居然叫我讲枯，不要紧，立刻就有。荒井。炖焦的牦牛肉。九十岁的皮肤。一分钟里三件讲完，亲爱的凝神看住我，幽幽赞了一句，嗯，及格。然后一杯滚热黄酒落到肚里。

吃素大业

今年奇异，刚开了年，便接二连三地，接获友人报告，我吃素了。

有人是电邮群发，广告亲朋。信写得简单清白，就两行字，一行中文一行英文，郑重双语宣誓。看完深思半天，不知回信应该如何写？恭喜也不是，赞美太肉麻，一言不发默默看过，也不行。友人第二天电邮就追过来了，一边重申吃素立场，一边拷问我的感想。对着电脑想了千秒，回信给友人，见谅，格么以后吃川菜就不约侬了，吃五星酒店自助餐也不约侬了，免得彼此皮肉惨痛肠胃打结。

也有人是在饭桌上隆重宣布的，神情兴高采烈，语调热情洋溢，跟大家讲，我吃素了我吃素了我吃素了，声调尖锐得跟飙海豚音似的。面对一桌子的清炒虾仁雪菜黄鱼，人人屏息敛容，瞠目结舌。我翻伊一个大型白眼，狠狠促刻伊一句，你看起来，气质一点也不像吃素的，倒像是吃粉蒸肉的。哪有吃素的女子，穿热裤踩军靴烫炸弹头拔尖了嗓子讲话的？这样肉气腾腾的女子，要想吃素，也就自己埋头默默吃了，振臂欢呼告诉天下，还是免了。伪君子我出入江湖也见多了，想不到现在还要在饭桌上邂逅这种新派伪君子，好讨厌好讨厌好讨厌的说。

再来一位久久不见的友人，坐下来吃饭，举杯之前，敛起一面孔笑意，容颜肃穆地跟我宣布，今年开始吃素了，逗号。我定定神，眼睛看住桌上嫩滑如处子的三黄鸡，不做一声，等待下半句。友人接着道，除了红烧肉，统统不吃了，句号。我的眼泪浮了上来，做人已经很辛苦了，做啥纠结成这个样子啊？一边拣了顶大块的红烧肉投放到伊碟子里。友人亦动了情，推心置腹道，红烧肉是我情人，不算荤菜，这个你最知道了。我抹一把小眼泪，转着脑筋问伊，红烧肉是情人，格么走油蹄髈笋干炖肉算什么呢？伊想也不想飞快地答，算外遇算第三者。我亦想也不想飞快地表扬伊，生猛的，吃素吃出阶级流派来了。伊得了表扬，一畅快，眨眼之间，半碗红烧肉不见了。

在上海吃素，有点小苦难。兜底翻遍整座城，绝对翻不出十间像样的素菜馆子。吃肉边素的，还好混，吃金刚素的，就麻烦了。也许我的忧虑是多余的，吃素的男女，人人都回家吃饭了，无人在馆子里流连忘返找素吃了。要是真这样，我又要替本埠的经济景气指数担小忧了。

菜谱：

新鲜蒲公英加蓟菜色拉

采用新鲜蒲公英和水焯蓟菜芽拌成，鲜脆可口

极品榴莲色拉

（其实就是榴莲其他没什么）

不过无论如何，吃得清淡一点，倒实在是应该的。有空坐趟地铁看看，车厢里真的没有瘦子了，一个也不剩了。

东京吃面记

上海天热，想寻个清静地方避避，又不想飞太远，就去了东京。

那日晃去轻井泽，不过离东京一个多小时车程的地方，名动四海的避暑胜地，山中清绿幽深，凉意津津，极适合穿件布衣携友人的手，散漫地晃。中午吃什么呢？友人问。抬头看见荞麦面屋，想也不必想，就是这里了。

那间荞麦面屋，不过寻常山里的一间面馆子，极小，极精洁，菜单子呈上来，简单得不能再简单，四种不同荞麦粉，手工打制的面条罢了，再有便是野菜天妇罗，其他就没什么了。跟友人沉吟一下，点了不同的荞麦面，有连粉带皮的，有纯麦芯子的，有店家自己勾兑的，等等，讲究得腰细。野菜天妇罗倒是先来了，油炸的蔬菜，已经很奇怪了，而卖相竟无比清俊，毫无油腻之气，想想这是山中小馆的出品，心里还是震动的。吃一片南瓜天妇罗，烫极烫极，酥脆软糯，南瓜的香，喷薄而出，实在俊逸。日本菜大多寥寥数枚，点到为止，不堪痛吃，很禅。那一盘子野菜天妇罗，不过五六件而已，却吃一件，是一件，偏有说不尽的饱足。

然后便枯等，等荞麦面来。顺便看看野眼，隔邻桌上的吃面客人，人人肃穆，屏气敛神，专心致志，还是那个字，很禅。想想看，若是跑到山里，吃碗大肉面雪菜面糖醋排骨面，一是不可能如此精洁，二是不可能如此肃穆。

良久之后，荞麦面来了，冰凉，笔挺，澹泊得半点噱头都无，如此一盘光秃秃的面，沾调味酱油汁而已。而一口下去，友人跟我，纷纷惊喜满面，频频颔首，嗯，厉害的。荞麦面怎么个厉害法呢？想来想去，委实不好形容，如果我能够圆满地形容出来，大概也就不会迷恋这一口了。说真的，每次晃到日本，第一餐，顶顶想饕餮一把的，就是如此这般的一盘子净素荞麦面。那种素朴到极点的厉害，有时候，反而是钻心刻骨的。想想看，这个人世上，还有多少东西是素朴的呢？想求点素朴，真亦是极难的事情了。仿佛人间的深情，最素朴的，当是母子之情，天然净素，便有了致远之力。我对荞麦面的倾倒，大致如此仿佛。

东京另一碗让我牵挂的面条，就更奇怪了，估计全世界除了日本，无处可食。这碗面，是意大利面，明太子意大利面。非常奇异的口味，明太子密密裹着的意大利细面，撒满细切的紫菜，浓浓的柠檬汁挤下去，天啊，多么腥，多么怪异的口味，多么繁复混杂的口感，次次一举就击溃了我。在日本晃来晃去，凡吃意大利面，从来不需要开动脑筋，独沽一味明太子意大利面就够了。

冬天描述

日子过到冬天，仿佛翻箱子翻到尽头，手酸酸，到底是拣起了那件压箱底的华袍。冬天，就是一年的水流花静之后，生出岁月渐老的一点点苍茫，如果是在上海的话，这点苍茫，还有云有水，冰晶如玉。冬天就是那条锦貂的尾巴，摸上去，有腴美的丰足。

上海的冬天尤其气质卓异，气温并不是那么的低，却有足够彻骨的冷，这种冷，真真不可言传，冷到上海以外的人们，个个心惊肉跳谈冬色变。上海这个别有个性的冬天，让热气腾腾蜂拥而来的各路人马，对这座华城的满腔激情，多少打上些折扣。说得狼狈一点，个别时候，抱头鼠窜的心情都是微微有的。跟上海冬天的阴冷，有得一拼的，好像是京都了，沉静古都的阴寒彻骨，真是让人魂飞魄散的。

上海人虽然绝顶通透，对这个冷字，终究也没有办法一笑置之，在没有地暖支持的三房两厅里，真是阴冷得心田都荒芜了，一切的深耕细作，不由分说，都要缓缓而行了。

冬天一来，最令人惋惜的，是俊美的上海才子们，陆陆续续，一一臃肿起来，那缕千锤百炼的清华气韵，倏忽就荡然无存了。熊笨熊笨的身上，琳琳朗朗，挂满了御寒的零碎物件，往日的潇洒飘逸，是不堪回首的了。天底下，有几个才子是经得起胖和肿的呢？所以，要是可以挑挑拣拣，我想跟上帝老人家来点商量，那种邂逅上海才子的好人好事，可不可以，让它发生在冬天以外的季节？

还好，我们还有上海女人，她们比上海男人的意志，要强大得多了。无论上海的天气多么的阴寒漠漠，威武的女人们，照旧不屈不挠，争取美以及坚持美。这种家常精神里的坚韧不拔，细想起来，是相当动人的，也是非常值得广大男生借鉴的。

冬天的家里，希望是暖意丛生的，酒红色的客厅，弥漫一缕腊梅的清香。卧室的窗台前，有迟暮的海棠，有融融的冬阳，喧腾喧腾的，晒着那对小嘴伶俐的牡丹鹦鹉，耸起一身圆胖的毛。

冬天喜欢钻在厨房里，从崇明羊肉折腾到韩国泡菜，一样一样暖身的食物，妖里妖气纷纷七十二变。我家保姆精益求精突发奇想，发好的面，把冷冻的黑芝麻汤圆包到面里，上笼一蒸，那种滋味复杂的包子，立刻就让我倾倒了。站在蒸笼边唏嘘不已地贪吃，旁边的灶上，滚沸的牛奶就溢了出来，那种焦甜的奶香，让人心里蓦然升起两个大字，叫做溢美。而身边跟着贪吃的女友，幽幽地跟我说，你们上海人家里，都有一个煮牛奶的奶锅的。我满口芳香的猪油黑芝麻，第一次想到，一只小小的奶锅，原来也是满载了海派的精髓，让外埠人民一唱三叹。

冬天，总而言之是老天的淡笔，我们阡陌纵横驰骋了一年的欲望，暂时，都可以收起来了。

男人下厨

上海男人居然下厨！起码听过50个非上海籍的男生，如此惊叹并骇笑，他们把这点发现当做珍闻，一说再说，仿佛抓住了一个阳刚不振的把柄。在他们的见识里，以为七尺男儿一旦入厨，苦心经营起来的硬朗形象，即刻崩溃。所以，洁身自好起见，君子绝对远庖厨。

女人就未必抱同感，懂得调和五味的男人，大多分寸好，手段了得，知冷知热，铺排得体，十居其九是情场高手，女人对这样的男人不会不着迷。

这个周末来我家里吃饭吧。男人如此邀请女人。从黄昏的那餐居家饭开始，他们的关系有了飞越。这是女人默默想念了很久的一餐饭，而男人耐心温存地为她做的那几碟家常小菜，叫女人咀嚼终生，回味无穷。

我的一位熟年女友，颇为用心地追求一位有妇之夫，从头到尾，这位女友挣扎了又挣扎，到底还是下定决心，跳崖一般地舍身跳进去，实在是，不甘心错过眼前这个人。男人对这个婚外的女人，亦是十二分的眷恋，然而他有种种的苦楚，无法应承这段感情。可是男人说不出断交的话，彼此越陷越深。

终于有一天，他的太太去外地度假，男人请女人来家里吃饭。女人穿起最好的衣裳去幽会，临出门还抹了魅惑销魂的香水，一路上都在甜甜地想，他会做些什么给我吃呢？

到了他的空巢，他们拥吻过后，男人请女人坐好，他去把菜端出来。走到厨房，男人定一定神，把他早就准备好的菜捧了出来。

正襟危坐的女人，看到那道菜呆了一呆，男人若无其事地朝她举举酒杯，女人拿起刀叉，跟男人有说有笑地吃完饭，然后就告辞出来了，咖啡也没有喝一杯。男人要送她，她摇手说不必了，你喝了酒。

我的这位女友告诉我，那天晚上，她的情人，煮了两条水芹菜请她吃，就那么放在开水里煮一煮，撒点盐，端上桌的时候一清二白，像足了他们的那段爱情。

叫人佩服的是：男人的手段和女人的涵养。

从此以后的苍茫人生里，一旦有幸，邂逅厨下功夫精深的男人，我都不由自主地深呼吸。

糯的东西

纵观人生，没有一种感觉，比“糯”，更让人百感交集。

首先是这个字，糯，讲在嘴里，已经是一团绵柔纠缠不清，唇齿之间的亲密合作，缠绵得有一手。北方把糯米称作江米，在我这个上海人听起来，那个“江”字，硬生生的，实在不知所云。

糯米及其制品，当然是糯得没有话讲，粉白的圆子、喷香的粽子、猪油汹涌的八宝饭，统统令人折腰。无论多么想瘦身，糯食当前的那一刻，意志力全线崩溃，坐下来眉开眼笑地享受一个小碟子，女人就是这么软弱无用的一种人。是啊，在一顿午茶的时间里，你就可以把她们看得透透的。然而看透了又如何？你还不是照样迷她们迷得死去活来？

芋艿那种东西也是又粉又糯的，不论甜食还是咸食，都是十分讨喜的。桂花糖芋艿，葱油芋艿，芋艿盒子，芋艿菜饭，芋艿鸭汤，说起来，样样都是家常饮食，没有多大的花样经，可是好吃是铁一般的事实，只要有芋艿在那里。芋艿其实挺君子的，跟谁在一起，都表现良好，像人缘上佳的万人迷。因为这东西口感粉糯，一不小心，就会吃过了头，吃完了，捧着肚子，自己跟自己生半天闷气。这种没出息的事情，我是常常要做一做的。

有一款家常菜，小红枣去了核，填进一小块糯米年糕，拿冰糖蒸得透透的，直白的叫法是“糯米红枣”，做作一点的，叫“红梅含雪”，最好的叫法是“心太软”。我们下馆子，才坐定，不用看菜单，先请服务生端一碟子“心太软”上来，就着冻顶乌龙吃个十颗八颗，心是真的会软下来的。心太软虽然不是什么精妙不已的菜，但是做得好的馆子，也不是很多的，或者枣子不香，或者糯米不糯，败点很多，不胜枚举。最吓人的，是吃到没有蒸透的“心太软”，里面那小块的糯米年糕还是夹生的，吃在嘴里，一路惊寒到心底。

好像每一个剧种里，都有一个流派是走“糯”路线的，那种糯派明星，迷起粉丝们来，真是杀人不眨眼。而且，这种糯派，常常是最难学样的。“糯”这件事情，唯有自然天成的才是上品，后天学来的，终不是那么回事了。所以，糯派也是最容易失传的一种流派。

美人里面也是有一种糯米美人的，皮肤雪花一样灿然，粉团团一张银盆脸，一身的糯米肉，掐一把，手感好得震撼人心，唐僧肉也不过如此吧？

有种女人的嗓音也是糯糯的，讲起话来，绵柔温婉，一句慢慢连着一句，绵绵不绝的，一声一声都是大家闺秀的教养，听着的人，不知多么享受。有一两个嗓音软糯的女友，可以经常煲一煲深夜知己的电话粥，实在是人生一大幸福。夜深人静的时候，扪心自问一下，你有这样的女友吗？要是还没有，可是要抓紧了啊。跟糯声比，那些甜美的女声、爽脆的女声、喑哑的女声，差不多都成了一览无余的粗品了。

肥蟹在晚秋

等了一整年，总算等到了晚秋的蟹，一日一日渐入佳境地肥。这个季节，四海之内，肥满两字，思之简直令人丧魂。不痛吃，对不住如此好的季节。于是便频频吃，吃到中医见面，脉尚未把，一瞭望面色，已经大翻白眼。这个人世上，其他的高脂食物，几乎都可以下点小小狠心一一戒掉，唯有这只心肝宝贝蟹，膏也舍不得黄也舍不得，十分死心眼地捧紧在心头。这个年纪了，还为一样刁钻吃食如此笨蛋，自己想想，也是惭愧的。至于经常在家中对包子小人开讲的意志力话题，暂时就束之高阁，明年开春再议了。

曾有外埠太太党来沪联谊，指名去湖边吃蟹。月黑风高地赶了去，简陋的湖边山庄收拾成一副精舍模样，人人解开大衣宽宽坐下，蟹极美好极隆重地端上来，真真堂皇漂亮幸福感丛生。人人举止轻柔地择了一个放在面前，十分钟后，我惊异发现，满桌蟹客，人人手法精致十指翻飞，外埠太太党显然个个熟练过吃蟹门槛。怪不得老有人道貌岸然写攻略教人家吃蟹，原来真的有粉艳读者的。隔壁座位的太太，跟我讲，咱不光读攻略，还看视频看光盘，还请过老师手把手地教。我捧着肥蟹，一迭声地哦哦哦，一副很不明形势的落伍样子。

更厉害，是人家外埠太太党，还有绝活傍身，一边吃蟹，一边嘴巴片刻不停，水深火热精彩开讲，详详细细八卦古往今来。吃了小半生的蟹，从来都是蟹一上桌，满堂静场，人人默不作声精雕细刻，跟手里的一只私家蟹送往迎拒。而外埠太太党的这种两不耽误，可真广了我的见识，绝对叹为观止。从前十分佩服京都艺伎涂脂抹粉之后，还要在滚锅里捞汤豆腐吃，撮着小嘴，滴水不漏的。那种嘴上功夫，真是婉转精致，令人销魂。如今崇拜新偶像，边吃肥蟹边畅谈锦绣人生兼纵横房股两市的外埠太太党人，绝对空前的。

转眼一对蟹剥净，外埠太太党，纷纷将大只伟岸坚挺的蟹螯，交给服务员打包，说是携回酒店，晚上看电视时候再吃。这个又是崭新思路了，我目瞪口呆对着自己的两对雄壮蟹螯，不知应该继续单干，还是应该随众打包。完全不曾想到，吃蟹吃到尾声，竟然有如坐针毡的紧张心思。而大干快上速战速决的太太们，已然翩翩起身，往馆子外面徜徉去了。老天，那真是我有生以来吃过的，最有速度的一餐蟹了。

归途中，人人昏昏欲睡，我望着车窗外面的混沌风景，独个儿发长呆。蓦然想起的慢煮和慢食四个大字，以及那四个大字背后，紧拉慢唱暗腾腾的娟秀华丽，弄得我有点痛心疾首。

荤素女子

之一，周末黄梅天，一小堆友人来家里吃早午餐。一早起床，看着屋里的绣球花开到繁盛，未免有点蠢兮兮。那花耿耿地垂着肥壮的花球，一副累赘得不知所措的样子。这种花，究竟是栽在小院子里比较相宜，搁在客厅里，到底比例失当，俗不可言。这样想着，当场下手，将花移到阳台上去了。

早午餐一向是好看重要过好吃，煎鸡蛋烟熏三文鱼鹅肝酱焙果儿葱油饼豆浆皮蛋粥，件件简单好搞人见人爱。睡饱了懒觉的亲爱友人，陆续进门分头奔向餐桌自己照顾自己。

然后安妮也姗姗地来了，进门软软抱一个，顺手递过来一只炫丽优雅的法国点心大盒子，我翻伊一个大白眼，做啥破费啊？人家安妮笑盈盈答，不破费的，不是五星酒店大蛋糕，是绿杨邨菜馒头呀。我今朝吃素哦，菜馒头自己带来了。

安妮是周末吃素的女子，我怎么忘记了？

谢谢天，那个梅雨沁骨的乌苏日子，我们有醇厚的普洱和秀丽的菜馒头，还有细眉细眼，人淡心淡，清媚犹如夏日茉莉的安妮小姐。

顺便啰唆一句，亲爱的绿杨邨、王家沙、杏花楼、沈大成、光明邨、哈尔滨①，是不是也花点铜钿落点心思，请个有水准的设计师，设计一套典雅妩媚岁月静好的包装盒？名动四海的菜馒头，竟然赤条条装在法国点心盒子里，如此裸妆，真真作孽得来。

之二，女友小病在床，熟年独居寡人，最怕这种病恹恹的凄惶日子。奋力奔去看望伊之前，先电话一个，想吃点什么？顺便带上。水果，清粥，冰糖白木耳？女友不要，电话里沉吟了一下，开始缓缓报菜单，某某铺子的夹肥夹瘦靓叉烧，某某店的粉红酥手香肴蹄，某某小馆的红酒炖牛筋，记下来了没？

记倒是记下来了，一边记还一边滚滚地笑，这哪里是小病在身浅风里啊，分明是食肉兽肉搏海陆空哈。

女友在电话里咽了咽口水，叹气说，你不知道，小病三天，饿到厌世的心都有了，想吃啊想吃。说完又叹气，半辈子，也只有这种时刻，想找个人嫁嫁看。

我不敢跟伊讲下去了，再讲就演变成谈人生讲未来兼谈来世今生了。等着吧，下午就有肉吃了。

---

① 绿杨邨、王家沙、杏花楼、沈大成、光明邨、哈尔滨，都是上海著名的点心店，以生产中式传统小吃而闻名。

女友在挂断电话之前，有气无力又加了一句，还有某某铺子的生煎，也带二两上来吧。

两个小时之后，我像劳模快递员一样，一脸的笑意春风，出现在女友的家门前。

吃肉，对某些女人来讲，是最好的疗伤止痛剂，无论心灵的伤，还是生理的伤。还好我们中国人的饮食里，有那么精彩纷呈的花样肉食，一生一世，足慰男人女人中国心。

柬埔寨食事

人生里，有两件至爱缺一不可，一件是走，一件是食。边走边食，飘然走过一生的边边角角，前程如何真也不必十分在意，一路有锦绣美食相随，心也非常甘了。一切的逝水年华追忆，似乎都是从一枚玛德莱娜小甜饼蔓延而来的。

初到金边，花半个上午，逛完了皇宫和国家博物馆，皇宫乏善可陈，国家博物馆纤小而珍美，吴哥的绝品大多摆在了这里，那些价值连城的佛像毫无遮蔽地站在那里，我在空旷无人的博物馆里慢慢转，就这样跟千年以前的佛像，频频擦肩。细细看完，坐在中庭的莲池边，烈日之下静静发长呆。

出来搭车直奔铁棉市场。铁棉门前，一街口的花铺，肥硕的白莲红莲，堆得像丰收的甘蔗，满篮子的茉莉，白米一样泻到脚边，我站下来，随便拣了一个水果铺，买山竹给包子吃。长相黑艳的女铺主，手法灵巧地剥开山竹递过来，甜软白腻的果实，敞开心扉就地吃了一公斤。此地的水果当真好吃。曾经在一个走倦了的黄昏，跌坐在简陋的食铺跟前，请老妇人榨两杯新鲜的甘蔗汁来饮，满满两个啤酒杯地端给你，清洌甘甜，岂止解乏解渴，前世今生的种种甘苦，我都在那个尘土飞扬的异国黄昏里，点点滴滴地重温了一个小遍。后来在去往吴哥的途中，忍不住跳下车子，跟路边的妇人买草编的篮子，想不到居然还意外吃到刚从树上摘下来的海底椰。妇人拿一个薄片飞快地削去皮，果肉水淋淋地递到手心里来，滑嫩清甜，带一点点冰，像足一颗清冷剔透的心，说句惊艳真的不能算滥情。午后在吴哥窟内外逛，热到无力的时候，跑到小铺子跟前饮一个冰镇的椰青，抬头就望见砂岩上千古不灭的高棉微笑，那是另一种的天人合一了。

柬埔寨的食生活可算是非常丰富，那么小巧精致的一个国家，除了有高棉菜看家，泰国菜和法国菜也相当可吃。金边的外国记者俱乐部餐厅，备受推崇，我们在午后两点去到餐厅，客人寥落，轻风徐徐，坐在河边的餐桌旁，向笑容温美的黑艳女侍，点一份牛排三明治，一份奶油沙司的意大利饺子和一份柴火烤的蔬菜批萨，这样一份分量十足的午餐，搁到上海的新天地去，可以小小地破一回产了，这里的价钱却非常讲理，他们的奶油沙司格外好味，带一缕清秀的椰香。吃完了，慢饮一个巨杯的柠檬冰茶，仔细看完餐厅内陈列的各国记者的柬埔寨写真，写几份热腾腾的明信片，一一端详路边过客，消磨一个炎热下午……

姣姣男厨师

男人要想红得发紫，好像不是很难，这是一件连周杰伦都可以力争办到的事情，相信我，真的不会太难。

比如走走偏门，不一定要唱歌演戏解说体育比赛，做厨师好了，写写菜谱，上上电视，一不小心就名动四海红遍地球。从前下午三点半，站在电视机里巧手示范晚餐食谱的，都是中年以上的妇人厨娘方太李太曾太什么什么太，如今这种风光几乎荡然无存，活跃在媒体里的妖娆厨师，清一色是姣姣男人，而且这票男厨师，要么不红，一红，就红得发紫。

男厨师大致分两个流派，一种是熟男，一种是少男，各红各的，生意都绝好。

熟男型的厨师，外貌中产，言行举止完全不像传统厨师，倒像是满腹诗书的大学教授，偶尔客串下厨玩玩那种气氛。这种厨师周末穿米色卡其布长裤，骑脚踏车，带你逛逛中产街市，然后回家入厨，教你煮一些不那么简单也不那么复杂的菜，一边煮一边谈谈天，饮饮酒，随手拿起灶台附近的一张唱片，上下五千年稍稍发挥两句也是常有的插曲。煮好的菜，端到花木扶疏的阳光小花园里，在疑似普罗旺斯的氛围里，缓缓享用。这类厨师，我在亚洲的电视节目里，好像一个也没有看到过。其实我倒是真的很期待看到一个风神朗朗、儒雅如董桥的厨师，一边翩翩煮菜调羹，一边娓娓吟两句宋词之类。想想看，要是每个周末的早上，孵在床上一边喝热茶一边欣赏这么一档电视节目，是不是比百家讲坛更有意思啊？

少男厨师大多年纪在三十以内的样子，青春活泼，精力旺盛，穿着帆布球鞋就大踏步地走入厨房。看他们做菜，简直叫人联想起一个吓人的词：多动症。这类厨师煮饭没有陈规，做出来的饭菜常常异想天开空前绝后。他们身体力行的那些饭菜，通常极其速成，五分钟煮一道主菜，三分钟拌一盆色拉，一分钟搞定一碟有模有样的饭后甜品等，思绪飞扬，手脚奇快，看得人血脉贲张胃口大好。这类少男厨师，忠实观众倒还不是同龄人，而是熟女主妇，少男厨师重新定义了厨房生活的内涵，令老派主妇耳目一新回味不已。

不论老少，当红男厨师，除了会煮，都有一个绝色本领，就是能说啊那叫一个能说。手不停嘴不停，手停嘴还是不停。外貌酷不酷还在其次，差不多中等姿色就够了，嘴巴却是务必锐利，周杰伦那个口齿绝对绝对地吃不开，真的，不骗你。

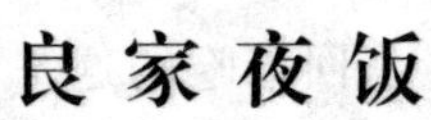

良家夜饭

友人里，竟然好多这样的家庭。

一家三口的格局，母亲和孩子，朝夕相守在上海，父亲却因为工作关系东奔西跑，长途短途，出差不绝如缕，常常一个礼拜倒有五天在外埠孤身飘荡，熬到周末才关山飞渡回家团聚。有些父亲，干脆就远在外埠工作，两个星期甚至一个月，才回上海的家一次。这种家庭生活方式，也不是现在才有，几乎每个朝代都源远流长，不算新奇。

有趣的是，父亲在家与否，一锤定音地决定了家庭晚餐的品质。

良家少奶奶一到礼拜五，睡醒起来，衣衫未及换，脸亦未及洗，头件要事，是打电话给外埠的老公，侬今朝夜里厢①飞回来吃夜饭吗？几点钟到？想吃点啥小菜？可怜的是，这通电话，不是一拨就通的，弄得不

---

① 夜里厢，上海话，夜里。

巧起来，断断续续打到午后依然没有打通，一会儿关机，一会儿忙音，一会儿秘书小姐代接，老公忙碌不堪人仰马翻，跟远方家属讲半句家常电话的工夫，都百般腾挪不出。

少奶奶问得那么清楚，是因为老公回家吃的这一餐夜饭，实在珍贵不过，一年满打满算，不过 50 来餐，再刨去亲戚友人公私兼顾形形色色的大小应酬，安居乐业的夜饭，无论如何吃不满 40 餐。所以啦，这一餐多少是要铺张一番的，几菜几汤，荤素调停，冷热冰火，一丝不苟，少奶奶凝神掌控局面，真是煞费苦心的说。黄昏里，摆开在客厅里的那个既低调又隆重的小宴排场，常常让我想起小年夜的那一餐准年夜饭，私密温馨，内紧外松，又家常，又考究，通常是这个家庭里，顶顶拿手的那几碟私房看家菜，悉数都端上来了，比起正经年夜饭上，那些穷讲究、没吃头的饭菜，总要美好一大步。

这些都还罢了，最要命，是父亲不在家吃的那些夜饭，那么中产的家庭啊，不可置信地一落千丈，清俭到可怜巴巴。那些一茶一座都无限讲究的少奶奶，一到老公缺席的夜饭，那真是偷懒偷到家了。她家的夜饭，彻头彻尾的儿童版，礼拜一咖喱饭，礼拜二意大利面，礼拜三菜肉馄饨，礼拜四蛋炒饭，偶尔奋发一下改善伙食，今朝夜饭吃红烧狮子头哦，结果么，孤清清，一只小碗里，仅一枚浑圆的中号狮子头专供小儿。

那么少奶奶自己难道不吃夜饭吗？现代少奶奶怕老怕胖怕癌怕呆，老公缺席的夜饭，她们常常是面不改色地关照厨下保姆，煮一碗无盐无糖无油的混沌五谷粥，暮色沉沉的餐桌边，皱紧眉头草草就打发了。不明就里的外人，看过来看过去，心里还不知要长吁短叹多少声作孽呢。

所以现在我算是长了心眼了，女友甜蜜蜜地邀请去家里吃夜饭，我不会像从前那样热血沸腾即刻就应承了，先要拐弯抹角努力搞清楚，伊家老公是否在家。不过呢，打探人家一家之主的行踪，这种话，大致很难直接问上去，一来二去牵丝攀藤就有些吃力。好在女友都是高度明白的好人，如今一拎起电话，直奔主题，通透得不得了。来吃夜饭哦，今朝夜里，按照老公在家的标准开饭，侬不好不来的哦。

清秋三白

之一，白面书生的那种白，真真久违了，清秋之夜，我其实甚是想念那种白，月白风清的白，经看耐磨的白，读你千遍不厌倦的，那种青瓷质地的白。

如今是，连女子都不屑于顶一张白脸出门的年代了，女子无论年纪，人人尽情追求奶咖肤色，一年四季，落落大方，晒完再晒。偶尔需要一张细致白脸配配衣衫鞋袜，抹一点滑嫩水粉，万事亦就搞得定定的了。如今跟女友们吃饭，兴致勃勃奔到饭桌跟前，放眼瞭望再三，啧啧，真的是，半张净嫩白脸都打捞不到的，好色之徒如我，难免是要郁闷的。

而男子白面，通常是可遇不可求的人间奇迹，天生一张白脸的男子，其实十分难搞，光是拥有一张美玉白面，不见得是件暗爽在心的天大好事，务必还要搭配清奇出尘的书卷气息，并一身隽秀骨骼，举手投足，风神翩跹，才算谢谢天。

不幸的是，男子白面，很多时候倒是搭配了一脸花花草草的奸相，一肚子斤斤计较的算盘，一双眼袋深垂的老眼，或者，十片污黑的指甲，甚至，一副极尖极薄的嗓音。每到这种关键时刻，真宁愿这种男子，长一张粗黑雄浑的猪头脸，倒也罢了。

所以，平生有幸邂逅白面书生，真要一一仔细收藏好。

之二，秋雨一落，就想拣件月白衫子来穿，绵绵麻麻的，七分长袖，刚刚好，挡一点秋风秋雨以及秋阳。秋日清美，好容易将一夏的溽暑厌气赶尽杀绝，心胸澄明，不再乌苏，天一清爽，人亦清爽。想一点好茶喝，想一点好书看，顺便埋头想一想我心里的那些好人们。在店子里闲逛，看见宽落落的月白衫子，心里一动，赶紧买了三件，回家包包好，殷切切快递给外埠的女友们，那些月白气质的上等好女人，我好生想念她们的。

之三，秋风凉凉一起，便想些白食来吃。雪藕，莲子，银耳，薏仁，山药，芸豆，以及清酒。秋日里的这些清白饮食，素净淡薄，一件一件，都要费尽功夫慢腾腾煮。有钱没什么意思，有时间才有点意思。人生不惑，这点真理总要一清二白搁好在心头。在家里闲坐下，炉子上细细火，慢条斯理炖一锅银耳羹，好过满街狂扑饭局，整日风尘仆仆不知所谓。

包子小人至爱沸热羹汤，秋夜灯下，我们母子一边食羹，一边笑谈晏晏。包子一本正经告诉我，日本

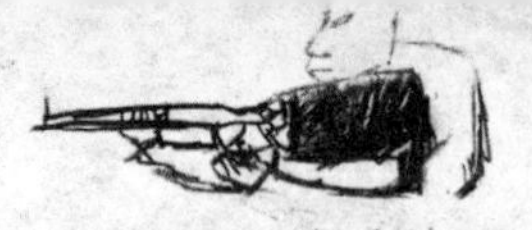

东京地区的蒲烧鳗鱼，像样点的馆子，都是自己活杀的，而且，一律都是从背部开刀的。因为古时此地，盛产武士，切腹的鳗鱼，是大忌讳。我们一边唏嘘食羹，一边惊笑莫名。每一种饮食里，都有深藏不露的生死契阔，一提起来，桩桩都是漫漫无边的深沉大事。

说起来，细凉如水的秋夜里，亦是家人们抵足而眠，讲谈清幽鬼话的好时光。

软　食

一向比较喜欢软食，轻，软，薄，滑，那种。

人家吃面，要筋道，我从精神追求，到口感欲望，都不是很需要那种剑拔弩张。面条以细软为称心，滑滑一挂，荡漾在好汤里，那面瞬间便有了好汤的悠然滋味。细软之面，最是怕糊，一糊，就糟糕了。所以爱吃细软面条的人，大致都喜欢深碗，宽汤，而面，仅少少一卧，便好了。香港有家馄饨面世家，那个碗，比市场通行规格整整小了一大圈，店主的意思，就是要你吃到最后一口，那面，依然是不糊的。这是用心，亦是食趣。做人的滋味，全在这类密密麻麻的细节里了。

上海人的小馄饨，亦是吃个软滑，一把金鱼尾巴似的绉纱馄饨皮，绝对抢走鲜肉馅子的戏。可惜，现在的人，懂经的可是少了，人人刻苦在小馄饨的馅子上作怪，什么虾肉馅子咸蛋黄馅子，群魔乱舞的，偏不懂得在皮子上下点精致工夫。这个真是让人惆怅不已的事情。

软食不一定都是清淡寡薄的，亦有腴美纷呈金玉满堂的时刻，比如红烧猪蹄。这种粗菜，出门去吃，还真会十有八九败兴而归。通常的错误，竟是千篇一致的，无非炖得不成气候。一只美好的蹄子，偏给你炖得夹生，桀骜不驯地跑到面前来，真真胸闷。猪蹄子耐心炖得它软和，便成了无上极品，那皮那筋，无不千娇百媚，腴美迷人。这种江湖粗菜，又肥又酥，浓糖赤酱，十分消灭人的意志力，亦十分提升人的幸福感。

软食的细，体现在很多甜食里，比如芝士蛋糕，芝麻汤圆。入口即化的芝士蛋糕，没多少窍门，无非舍得花钱用细致上品的食材，如此而已。西洋料理最是无法藏拙，不像我们中国菜，很多机巧，味精鸡精嫩肉粉之类，连家庭主妇都深谙。还是回来说芝士蛋糕，绵密细软的芝士蛋糕，一小口，唇齿之间便可回味良久，伴一口苦咖啡或者酽普洱，都是销魂的。若是一口下去，略有硬度，就逊了。

很喜欢从前的一种软食，轻糖松子，现在已经不大看得到了。冷冷的长夜深宵，一边拣轻糖松子吃，一边听两支评弹，噱头浓郁之处，一个人吃吃笑得颠倒。于我，这便是良宵了。

俗话俗说

之一，俗和雅，这个事情我断断续续想了小半辈子，最近大致想出个头绪来了。这件事情大概是天定的，人做不了多少主，人硬要做主的话，那个代价是惊人昂贵的。

举例说明。张国荣和谭咏麟，同时代的双子星，张国荣大雅，谭咏麟大俗，一整个时代的歌迷影迷，各取所需，分头粉好。那个时代的粉丝十分有趣，偶尔还势不两立打上一架，跟武林似的。

张国荣死得早，匆匆一生，死后益发雅致精美；谭咏麟活得长，高龄六十一，依然人前人后言必称二十五。人家热闹半世，身体力行深刻诠释俗得有理，堪称俗中楷模。谭偶像顶顶俗气，是福胖福胖的，一唱爱在深秋，简直搞笑的意思都相当浓郁了。

张谭二人，都是普通人家出生，从艺之路，也前脚后脚无甚分别，气质却如此云泥。

之二，偶像之外，食物也是有俗有雅的。

某日小女友招食，说去本埠鼎鼎好的越南菜馆吃饭。落座点菜，小女友兴致勃勃首点牛肉粉。粉端上来，看一眼，我就伤心了。天下的粉，汤如何，鱼肉如何，都在其次，粉才是根本。好的粉，如米白丝绢，细滑柔腻，秀美空灵，清雅得动人心魄；劣的粉，木笃笃，呆滞滞，俗得一板一眼。积我多年食尽天下粉的犀利眼光，粉质如何，那是刹那之间瞄一眼就了然了。那间本埠鼎鼎好的越南菜馆，可怜端出来的粉，又厚又蠢，笨到无法可想。垂首面对那碗粉，沉思一下，不想扫小女友的兴，还是勤勤恳恳吃了半碗。

粉似乎不是很难做的食物，我们有那么多的上等好米，可是我们却吃不到一碗及格的粉。这是怎么回事情？想来想去，至今没有想清爽。

之三，讲俗雅，动物比人还分明。

狗狗俗气，猫猫雅皮。一个屁颠屁颠，一个爱理不理。一个热得如火球，一个冷得像冰淇淋。一个是辣妹，一个是冷美人。史湘云美则美矣，论格调终究完败给林黛玉。

之四，当然，亦俗亦雅的人和事，也是有的。只是，这种浑然天成的境界，一般很难瞻仰得到。俗人装雅，或者雅事做俗，不幸倒是常常撞见的。一样是吃素这件事，有人做起来清澈秀丽，有人做起来腐俗滔天。曾经跟某方高僧吃斋饭，坐下来，人家师傅掷地有声扔下话：一人一碗素鱼翅，先上。

挑战 39 度

我不是那种给 39 度一挑就战起来的人，我是一到暑天就软下来的无用之辈，无论你如何挑衅，我都只能高山仰止地看着你，看着你逞能，看着你在毫无还手能力的弱小一族面前，帝国主义一般地，跳你炫技的 hiphop 热舞。我这样的悲观主义者，从来不相信人定胜天，我希望与自然和谐共处，所以，热死我也不战。

但是日子还是要过的，而且力争要过得好一点，哪怕日日 39 度，我也绝对不会吐出粉色的舌头大口喘气。

39 度来的时候，我就大手笔地开空调，不光自己开，还到处挂电话给至爱亲朋，叫她们也开足空调，力劝她们不要省那份钱。响应党的号召，设定在 26 度，可以降温 13 度，这是有生死之差的 13 度。上海有钱人很多，可是舍得开空调的女人，并不是很多。我在 39 度的天气里，就这样像传教士一样，到处电告大家，开吧，开吧，开着空调睡觉吧，下个月的开支绝对不会崩溃的，放心好了。我觉得自己这样处处打电话，实在是八卦得腰细了。

39 度来的时候，我还喜欢买很多的花露水，送给大家，请大家一起来用。这是暑天最可爱的东西之一，我深爱不已。洗了澡，细细洒一遍，香喷喷的一个靓人，清爽得要自恋起来。家里有小儿女的，午睡之前给抹一点花露水在肥肥白白的嫩肉里，一觉醒来，那个满室的香，也是叫人深为陶醉的。深夜里读书，我是常常将冰冻过的花露水，放一盏在床头，那种感觉也是好好的。我一整个暑天，都离不开花露水，家里储藏室里囤积了三十来瓶，有客人来派对，临走人人送一瓶。可惜市面上的花露水，包装都太过粗糙了，看起来廉价得叫人心疼。如果花露水的包装再美一点，画个妖媚的双妹在上面，那我就更加爱不释手了。

39 度的日子里，我什么都不爱吃了，受不了那份火热之气。清清爽爽买一个粉碎机在家里，争取把世界上所有可以粉碎的食物，都丢进粉碎机里，一日数餐，就靠这个强大的粉碎机搞定了。苦瓜黄瓜木瓜哈密瓜西瓜，反正这些凉凉的瓜，一律可以交给粉碎机，榨出来的汁水，滋补淋漓，榨完以后的残渣，尚可以废物利用拿来做这个做那个。我的女友在深夜里给我来电，交代最新研发的私房香蕉奶昔配方。香蕉牛奶之外，再来两大勺花生酱，以及一块光明简砖，哗哗粉碎之后，是口感一级棒的饮品，缺点是稍稍有点小腻。

这么多快好省就搞定了三餐饮食，省下来的时间，统统可以拿来读闲书谈天听音乐。四季里面，唯有暑天可以如此地浪掷光阴年华，这样的长日永昼，真是动人的，不像苦寒的冬天，稍稍一个分神，一天忽忽就过完了，让人追悔莫及地心疼。

所以，39度，大致说来，也没有什么大不好，我很愿意慢慢地，逐天逐天地过下去。

碗　痴

女人总有一两样东西，见到了眼珠子是要转不动的。有的是见了衣衫眼睛发直，不少女人干脆自己招认是衫痴，为了一件漂亮衣衫，做牛做马也甘心。有的是手袋痴，一个手袋等闲数万元，很利索地掏出去，一点也不心疼，像吃了魔药似的。亦有的是水晶痴，家里摆满大大小小的水晶狗水晶猫水晶酒杯水晶碟子，一上街依旧一头钻到水晶店里横看竖看看不腻。有的是大理石痴，对大理石研究透彻，可惜没有诺贝尔奖可以拿。不仅自家的洗手间、阳台全部用大理石装饰起来，连客厅书房卧室通通是大理石铺地，一个家居给搞得像红十字医院，站在这样的卧室里，一句熟语涌上心头，叫做武装到牙齿。

而我，是碗痴，见到俊美的碗会心潮起伏久久不能平静，梦里也会为一个碗叹息良久。为什么叹息？因为太贵了，买不动她，只好一次又一次跑到店铺里去看望她，爱上一个人仿佛亦不过如此。顺便说一句，物往往比人值得爱，相信天下持相同意见者不在少数，不然怎么会有那么多的人喜欢收藏东西呢？连筷子套都有人精心爱着，爱鸟爱鱼爱砚台爱得水深火热的。

我爱碗，不过不是收藏，我的碗一定是要拿出来吃饭盛菜实际地用，绝对不肯把她们放在玻璃柜子里贡着。把漂亮的碗高高贡起来，真也矫情做作，碗如果有灵，大概也会厌恶主人如此非碗地对待她们。

女友中自然有一票同好，知道哪里有了好碗，呼朋引类长途跋涉去左看右看，还要拍了照片回家来，放在书桌上晨昏相守。爱碗的女人大多喜欢在家里宴客，食物好不好吃尚在其次，碗好就够了。某日在女友家里吃饭，她的漂亮碗层出不穷，每上桌一个，我们众客人都忍不住“哦”一声，最后来了一个棕黑色的大陶碗登台，没有一个人“哦”得出来，全部看呆了，女主人静静坐在桌边，得意在骨子里。那个绝色深沉的陶碗里面，盛着的是极端普通的酱爆茄子，那种暗紫的复杂光芒，衬得陶碗愈发幽深圆熟不可测，感觉飘得不得了。后来为了多看几次这只陶碗，我还处心积虑攀搭她的女主人，积极争取机会到她家里吃饭。最痛的事情，莫过于你好不容易成了她家的座上宾，而她那个黄昏，却偏偏忘记拿那个碗出来盛菜。

从前，我们中国人形容女子精致细腻贞洁，会说她像瓷，那是非常上等的形容。在这个多雨的晚夏，我搜遍肝肠想了又想，究竟有多久，没有邂逅过瓷一样的女子了？

中餐与西餐

之一，面包。西式饭菜里，首要主食，不用讲，自然是面包，跟我们东方人的米饭，地位接近。每次跑去欧洲度假，天天晨起，第一件事情，就是下楼去买新鲜出炉的面包，那份甘和香，以及美妙口感，每天都吊足我的胃口。如今面包对于中国人亦是亲切不过的家常便饭，而且，我很敢说，中国人吃面包，远远多过洋人吃米饭。

就跟中国人民现在热衷于吃糙米饭、五谷粥一样，西式面包也善打健康牌，德国杂粮面包，农夫面包，黑麦长棍，全麦核桃面包，等等，健康得让人十分放心。不过面包跑到亚洲，例如日本，例如中国台湾，变得面目全非，本土化得惊人。上海开了很多台式面包铺，卖各种花样面包，加肉松，加红豆，加猪扒，加咖喱，加火腿肠，加花嚓花嚓很多辅料，面包的朴素被改写得荡然无存，仿佛我们中国人的米饭，被加进去很多乱七八糟的东西，吃起来非驴非马不再有米饭的醇香。所以，我的意思是说，面包本色为上，改良版的面包，一是口味太不地道，二是比较不健康，幼稚好笑，不吃也罢。

市面上有家庭面包机出售，面包爱好者不妨考虑购置一台。每日自己烤制面包，是极其简单的举手之劳。原料放心，口味新鲜，造福全家人民。

之二，生菜色拉。西式蔬菜，多走生吃路线，看不惯的，会觉得好笑，人吃菜跟羊吃草一样；吃得惯的，轻易就上了瘾。生菜色拉清爽淡泊，口感脆嫩多汁，营养自然亦是没有话讲的，吃得惯的话，真是一种不错的清补。

不过西式生菜色拉，大多配合烟熏火燎的大鱼大肉而来，而中式饮食里，比较没有那么多的火气，所以，生菜色拉如果吃得过多，感觉会比较寒，对中国脾胃不是那么合适。如果实在爱死这一口，我的建议是，在色拉的调料里，可以大胆创新，调进去一点新鲜姜汁，既醒胃，又养生，多吃亦无妨。

西式生菜色拉如今也有很多东方风味的调料不断诞生，比较起来，这些新一代的色拉调料，比传统的西式调料，更加健康。比如，泰式的，日式的，中式的，大都少油，少盐，少糖，多醋。我们中国人有丰厚的饮食基础和充足的饮食经验，可以不断想象，不断变换，不断创新，色拉会越吃越上瘾。

一周七个晚餐，吃两次完全生菜色拉晚餐，是很不坏的健康计划，就是晚餐吃一大份生菜色拉，不吃其他任何东西。这份生菜色拉，除了各色生鲜时令蔬菜，还可以加入豆类、奶酪、坚果、干果，等等，一周两次，好像还是不难做到的，而健康效果则是非常显著的，试过就知道了。

之三，炖煮菜。西方饮食里，很多炖煮菜，英文称作 stew，手法集合了我们中国烹调的焖和炖。西式炖煮菜，大多选择牛肉羊肉兔子肉，加入大量的香料和根茎类蔬菜，以漫长炖功，将多种滋味调和于一鼎，营养是极好的，口味也大多极好。法国菜意大利菜西班牙菜匈牙利菜俄罗斯菜，都有这种令人温暖无比的炖煮菜，而且大多以家传香料配方和独门细致炖功，标榜自己美味独冠群雄。西式的这种炖煮菜，非常可取的是，他们用上大量的洋葱、土豆、胡萝卜、红菜头、番茄、南瓜和各种豆类、菌类，经过悠长炖煮，吸融了牛羊兔肉的油脂和精华，真是健康美味，无论伴饭，还是伴面包，都是无上美食。相比来说，我们中国人的红烧肉、卤牛肉、白切羊肉这类，就缺少蔬菜的营养，跟西式手法两种路子。日常饮食里，经常借用一下西式手段来炖煮肉类，其实也是一种蛮好的花样翻新。

之四，汤。跟千锤百炼的中国汤相比，西式的汤，除了个别作品之外，大多清汤寡水，幼稚可笑，几乎不堪一吃。到西餐馆子坐下吃饭，除了名声极好的馆子，一般的馆子里，最大的冒险，就是点汤，差不多都是以屡试屡败告终。其实，西式家常汤水，有些还是很可改良借鉴的。比如，奶油南瓜汤，最简单的做法，将南瓜蒸熟或者煮熟，加热牛奶下去，用果汁机打匀，略略加盐和胡椒，就是一碗简单快乐的汤，甚至非常适合给孩子当早餐。当然，这一款汤，要讲究起来，按足西式步骤做，也是可以讲究半天的。我们不妨开动一下中国脑筋，把南瓜换成土豆、番薯、山药、百合，都是很好的汤。

之五，油炸。西方菜肴里，用油炸的时候，远远比中国菜多，他们的好些名菜，都是以油炸，而且是深炸来狂轰滥炸的。大家闭上眼睛想想，第一个浮上心头的西式菜，恐怕就是油炸作品。油炸的害处就不必再唠叨展开细讲了，中国烹调有很多美妙手段，西式的这种油炸，可免则免。比如，做鱼，中国人会清蒸，洋人就基本不用这一手，他们油炸。中国人还会清蒸蛋羹，洋人也不得其门而入，他们的鸡蛋，最动人的，都是拿油煎的，单煎双煎培根煎的穷讲究。可惜的是，如今越来越多的中国人，热爱这种拙劣的油炸手段，我们中国人的小吃，都丢掉了精耕细作的传统，样样都油炸一下，快速求取香脆可口，真是很要不得。

之六，甜品。甜品一向是西式饮食里的一个高潮。西式饮食的甜品富丽华贵，无论口感还是卖相，都是上乘的。不过甜品的不够健康，也是众所周知的，怎么办呢？如果可以，尽量在午餐的时候吃甜品，而晚餐的甜品就不要吃了吧，饭后喝点中国人的普洱茶，多好呢。

之六，慢食。在吃饭速度上，西式饮食颇走极端，快餐也是他们搞出来的，而且还搞成了大名堂，普及到全球各个角落各个民族；慢餐也是他们想出来的返璞归真。西式饮食的慢餐风格，值得中国人参考，他们的慢，真是慢得到家，普通一个家常午餐，都吃足三个钟头。慢餐的好处非常多，于生理和心理，都是百益。所以，如果有条件，还是餐餐慢餐为上。当然，慢餐只是慢慢吃，慢慢享受，一餐饭搞足两三个钟头，而不是一餐饭，不停地吃足两三个钟头。吃食不过就是那么几个小碟子，但是要搞足两三个钟头，靠什么搞呢？这就看各自的慧心了，文化啦艺术啦历史啦昨晚的电视剧啦。拜托，慢餐不是一边打麻将一边吃饭，绝对不是的。

夏天的物与事

之一，夏天格外想吃鸭蛋，美貌的，肥满的，青色的鸭蛋，看着就凉意丛生。这个东西，比酸梅汤冰淇淋，清冽得多。当然，这个是我的四季偏见之一。

鸭蛋的种种好吃里，咸鸭蛋要拔第一个尖。那么朴素易得的美食，真是要感谢老天的。全世界懂得这宗美味的，好像只有中国人？一枚咸鸭蛋，吃粥吃泡饭，色色皆美。夏天吃菜，不想看见浓油，偏偏咸鸭蛋里的那一勺子，是个妖娆例外。越多越好，越浓越美，倒是一点不嫌油腻的。吃咸鸭蛋而没有那汪赤浓的油，那是夏日黄昏里，颇令人心灰惆怅的事情。

我还喜欢拿咸鸭蛋滚粥，特别地清热祛暑，清肠养胃。夏日如果发点小热，肠胃闷堵，不用吃药打针请教医生，自家滚一大锅咸鸭蛋粥，慢条斯理喝一整天，就好了。头天晚上，要是在某些地方吃腻了，隔天，我也喜欢闷在家里，吃这么一锅咸鸭蛋粥，补补自己。

咸鸭蛋跟皮蛋，纷纷切碎了，炒蔬菜，或者炒鸡蛋，也一向是好吃的，名字也好听，金银蛋。待客自奉，时刻都是拿得出手的。

鸭蛋最让我爱，还不是那个滋味，是它那个色，鸭蛋青是一种很杀人的清妖颜色，尤其在夏天，穿一身鸭蛋青的棉布衫子，美得极清淡，却又若有似无地，带一点点花腔。

之二，夏天还想一口好喝的，想来想去，薄荷茶最是佳美，不好意思，手一滑，就抄袭了一个舒国治的专用词。这样色香味俱全的茶，夏天喝，真是相宜。抓点安吉白茶，掐一大把鲜薄荷叶，滚水下去，两分钟滗净。热腾腾饮下去，五脏六腑都是清凉舒展的。午睡起来，煮一壶薄荷茶，有友人深情送来的京都虎屋的小羊羹，缠绵悱恻吃一小砖，细嚼慢咽顺便发个长呆，一路就呆进暮色里去了。

之三，夏日荒荒有闲，翻《花样年华》的电影音乐大碟来听，张曼玉加梁朝伟，两个妖怪加在一处，也妖不过王家卫去。一盘碟子里，有周璇尖尖细细的美人调《花样的年华》，有傅全香婉媚的《情探》，谭鑫培席卷苍凉而来，一会儿《四郎探母》，一会儿《桑园寄子》，粤剧南音缭绕性感兮兮唱《红娘会张生》，评弹呱啦松脆《妆台报喜》，还有潘迪华椰林扶疏的《梭罗河》，以及纳京高松松软软死样怪气的《quizas，quizas，quizas》。我发了神经，忽然迷这张碟子迷得七荤八素，家里也听，开车也带着听，去接包子下学，车里刚好唱到纳京高的《quizas》，包子同学甚是吃惊，失魂落魄地问我，这个，是谁唱的？

回到家里，吃过晚饭，我就把纳京高的全集，翻给了包子。

别说小人不懂，很多事情，他们天生就知道，何需大人劳神教？

美味生活

祖国大好河山，不去看一眼呢，后悔一辈子；奔去看一眼呢，后悔半辈子。

再深的深山里，也会有遍地垃圾横陈；再远的边境上，也会有斑斑痰迹惊人。一路喧哗骚动，一路风景煞尽。学会跟大自然寂静相处，大概要三代人吧？艳丽动人的旅行，通常演变成十足痛心的苦旅。

唯一不会失望的，是旅途上的美味生活，那些令人销魂的美食，一再饱满地刷新着我对旅行的渴念。今夏逛遍天山南北，回到家里，念念难忘的，只有那些好吃的、好吃的和好吃的。

刚好是新疆瓜果遍地的时候，清真寺门口，有卖饱熟无花果的摊子。我跟包子携手过去买，一块钱六个，拿叶子托住，站在当街软绵绵地一口连一口。那种软和、甜腻，简直不像水淋淋的水果。仔仔细细吃完，站在满街浓浓阳光里，慢慢发长呆。心里在想，这样的果子，应该躲在上海梅雨的亭子间里，默默地吃，默默地咽，薄阴细雨，汩汩甜腻到心之深处去。

下午三点，逛到小馆子里坐下，喝过两杯小茶，四顾一周，心里叫了一声天啊。看看啊，小馆子里，坐满当地熟女，人人浓艳精致打扮，在吃一份闲情下午茶：清炖鸽子汤。那些熟女，敲骨吸髓，食法老道，剔下整齐的鸽子骨密密堆在一边，整只鸽子吃下来，唇上的口红毫发无损，技术堪比京都艺妓噘嘴吃烫豆腐。我比手画脚跟服务员讨来菜谱，寻觅清炖鸽子汤，原来八元一份。南疆版的中产生活，啧啧，无尚鲜美。非凡的是，这些中产妇人，无人结伴，都是独个儿静坐在馆子里，悠长地吃喝鸽子汤。那种浪掷光阴的感觉，实在是好极了。

黄昏逛到街市东看西看，人世最好的景致，通常都在这种地方深藏不露。站在街边喝水，转头就看到一个卖羊头的摊子。细白布遮起来，一大锅子的羊头，白水煮透了，热气蒸腾。有胖胖的老太太走过来买，伙计挑出一个羊头，主客双方端详良久，以为不美，收起来，再挑一个出来，反复再三，总算成交。伙计拆骨剁碎，现场撒上细盐，打成包，老太太拣起头盖骨，将热热的羊脑一吸而尽，那种淋漓食法，让人双眼和心肠都跟着辣辣地热起来。沉沉暮色里，胖太太拎着两个千刀万剐的水煮羊头，渐行渐远。剩下我站在当街，十分痴、十分馋地，回味无穷、回味无尽。

星期天的一杯茶

人间四月天，我的朋友从椰林扶疏的马六甲滨海小镇来，一双美丽无比的南洋大眼，熠熠生辉地照耀我的客厅，令我条件反射地，一见她，就非常想埋头饮一盅滚热的足料肉骨茶。我们坐在家里，听呜呜咽咽的唱片，看断断续续的细雨，饮温柔敦厚的酽茶，讲天上人间的闲话。那是多么好、多么好的一个星期天的午后。

她说，很幸运的，三十岁以前，非常及时地把一生的精英梦都做完了。当年青春十八，不甘心蜗居滨海小镇，倾家荡产咬牙奔去伦敦读音乐，以为殿堂就是天堂。结果，人算不如天算，青春路上，一个分神，就跑离了道，丧心病狂地迷上旅行，一双拖鞋横穿这里横穿那里，差一点把地球踏破了。一路跑到土耳其那个叫 Bursa 的地方，那里是丝绸之路的终点，她在那里找到她今生的伴侣，天涯携手，也住过伊斯坦布尔，也住过吉隆坡，不用多少时间，一对高度聪明的男女，就厌倦了纷扰的大都会生活，田园将芜胡不归呢？一个马来女子一个土耳其男人，一起跑到伦敦苦读一个英文教师的资格，然后翩然回乡，回到那个马六甲滨海小镇，在乡间开一所小小小小的英文学校，给当地的孩子们，赚一点合理的学费。那是很不错的工作，亚洲的父母和孩子，一提起英文，都是那么的神经兮兮，那种英文焦虑症，大概是全亚洲无法免疫的流行病。真的没有比做英文老师更稳妥的职业了。

她是那么灵秀的女子，可以在三十岁以前，做完那些精英梦，踏破看破，散淡归去，不必再忍受那些天人交战的苦熬，诸如名校博士一流企业百万年薪跑车别墅美女红酒游艇高尔夫，看过玩过，放下真好。三十岁的椰香美人，一身风尘掸落，一缕书卷气染好，归隐故乡，教点闲书，煮点小饭，追风踏浪，闲话渔樵，美好得无话可讲。她喝茶的姿势真真娟秀，让我无法不想起她三十岁以前辛苦积累起来的那点教养。

这个美好的女友，携她的土耳其男友，跑来上海度假。她在上海的福州路上，逛一个书城加一个外文书店，差不多就去掉了半条命。她眼神疯狂地跟我说，上海的中文书籍是如此的便宜，她恨不得统统搬回家乡去。夜里我观看她买回来的中文书，天啊，统统是儿童读物。

她在上海的最爱，是那个七宝古镇，她走出南站地铁站的时候，打死不相信附近会有那样的镇子，走到跟前，真叫一个惊叹不已。上海真好，什么都找得到。

她在我家里不过逗留了三四个日夜，匆匆又赶回去给小镇的孩子们上课。她娓娓留给我的笑话，我在春天的细雨里，一再拿出来慢慢咀嚼慢慢笑。比如，她讲给我听，那些开法拉利的新加坡人，多么热爱周末过境到马来西亚去，去风驰电掣激情飙车。在他们自己的国度，法拉利的油门是没有办法踩下去的。可是那些男人，还是至死不渝地要拥有法拉利。你觉得怎样呢？我觉得好笑死了。

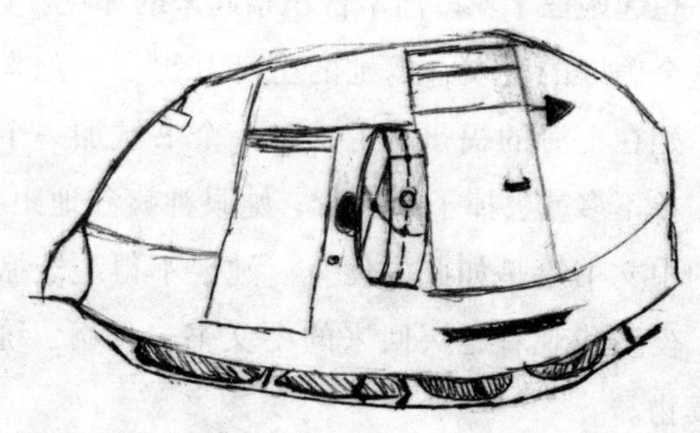

烟女与烟男

吸烟这件事，这几年已经火速沦落成了一宗罪，健康罪加道德罪以及行为罪，稠人广座中，吸点烟，如今变得跟吸毒赴死一样，要有胆色才做得下来。身边吸烟的友人，便也渐行渐少，尤其前中年到后中年的男女们，一个个慌慌张张跟上主流社会的道德步伐，一一将烟狠狠戒绝了。还好的是，友人里毕竟还是有特立独行的绝色家伙，自顾自地，反潮流地，将烟香喷喷地吸下去。而这些硕果仅存的烟女与烟男，大多真的是杰出的人之精华。

蓉太太年轻时候是名动四方的精致美人，捧着热茶，跟伊如此唏嘘往事，蓉太太翻一个袖珍白眼，淡淡道，年轻时候，有不美的吗？蓉太太如今年过半百，模样尺寸仿佛半生不曾变过，气质轻轻瘦瘦的，缥缈得不得了。这些年，蓉太太连眉眼亦比从前愈发地淡了。在这个狂涛奔腾的人生怒海里，蓉太太守望着一围淡静家园，波澜不惊，真真聪明安详。因为长年吸烟，蓉太太的脸颊上，便有一片抹不去的烟色，在我看来，倒是更有一番深沉古意。如今的女子，个个争先恐后地，将自己往晶莹雪白里打扮，其实，很多时候，女子白着一张无知无脑的脸，是非常令人痛心疾首的一件事情。可惜，女子自己并不知道，这个时代也不见得知道。

某日去剪发，在理发店里一边热气腾腾蒸头发，一边无聊翻杂志，蓦然翻到一页，是男友申的小文，满版的文字，还配了一张相当精致的作者小照。情不自禁捞起来仔细端详，很久不见的申男友，五官笔挺，一脸烟容，半腔文人忧愁写满细致眉眼，气质亦秀逸亦沧桑，真真不好形容。我搁下杂志，思绪有点万千。当年初识申男友，很是赞叹伊的穿着精致，尘土飞扬的本埠男生里，竟然还有如此出尘离世的一枝独秀。然后就为伊的满面烟容吓得震惊一跳。当年申男友年纪那么轻，行为那么怪异，思想那么歪门邪道，再来这么一脸异常烟容，我真真有点担心事。私底下问伊，不会是吸着鸦片吧？申男友一副灰飞烟灭的神情，狠狠白我一眼，不要瞎话三千，没有吸鸦片啦，我长相如此，你就当我福建人好了。那日剪完头发，短了一个给申男友，在理发店看见你的小照，越来越像德永英明了。伊不胜苍茫地短回来，光阴如水，我已经从香取慎吾老成了德永英明。

烟女与烟男，最大忌讳，是讲话万万不能高声，务必轻声细语。烟女一大声，成了流莺；烟男一大声，则成了打手。

饮食笔记

喜欢饮食，然后刚好还认识几个字，这样的我，超爱读饮食笔记，家里角角落落，常有一小堆一小堆的饮食书，就像厨房里堆着土豆洋葱一样，随时坐下来，翻几个章节，然后心潮澎湃一下。

这个初夏，刚看完图文并茂的《饥饿星球》，两位作者走遍全球24个国家，探访30个家庭，吃了600餐饭，交出这样一本盆满钵满的饮食笔记来。这本巨大的书，副标题是世界在吃什么，有点发人深省的社会学趣味。两位作者每到一个家庭，请全体家庭成员，跟他们家一个星期的食物，站在一起，合影一帧，看上去，大有视觉冲击力。笔记亦写得相当来劲，猛料滚滚。早餐桌上，我讲给包子听，一个格陵兰岛的四口之家，父母亲最热爱的食物，分别是北极熊和鲸鱼皮，他们家的家常菜，是炖麝牛配意大利面和鲑鱼咖喱。他们的孩子，在冰窟窿里钓鲑鱼，钓饵是海豹的肥油。如果猎到了海豹，妈咪会把好肉炖给家人吃，差肉喂给雪橇狗吃，海豹的皮要晒干来卖。包子听得目瞪口呆，心情复杂地缓缓放下手中的肉馒头。

相似的饮食笔记，还有2008年出版的《八十顿晚餐走遍世界》，作者是获奖无数的一对资深饮食笔记作家，他们花了三年的时间，行五万英里，跨十国，吃八百餐，写成这样一本丰盛结实的笔记，这种书，我一拿起来，久久放不下。

十年前曾经像重磅炸弹般轰炸了美国人民的畅销书《快餐王国》，至今读来，依然雷霆万钧。当年耸人听闻的书评是这样说的，今年，美国人民花在快餐上的钱，将多过他们花在高等教育上的。作者在这本书里，详细告诉你，美国快餐业正在如何具体地改变全国人民的胃口以及整个国家的文化风貌。有书评甚至呼吁，每一个识字的儿童，都应该读一遍这本书。书后长达百页的索引和注解，令人对作者肃然起敬，写饮食写到这个境界，不畅销才怪了。

2009年出版的《杂食者的困境》，副标题是食物背后的秘密，继续发扬这种耸人听闻的饮食笔记风格，而细密的田野调查，对象从快餐扩展到了全体食物。诸如：今天的美国人民，每五餐里，至少有一餐是在车里吃完的；一块包含38种原料的麦乐鸡，其中至少有13种原料来自玉米；因为肥胖症的大肆流行，今天的美国儿童，可能成为第一代，比自己父母短寿的美国人，等等。

中文的饮食笔记也是颇有一些的，可是好看的，就罕见了。通常是文人偶尔写一篇，还满好的，自诩专业的美食家，跑出来壮志凌云地写一本，就没法看了。这点有限的吃喝见识，翻箱倒柜掏出来写饮食笔记，能撑到十篇，差不多已经撑死了，撑一本书，真真勉为其难了。

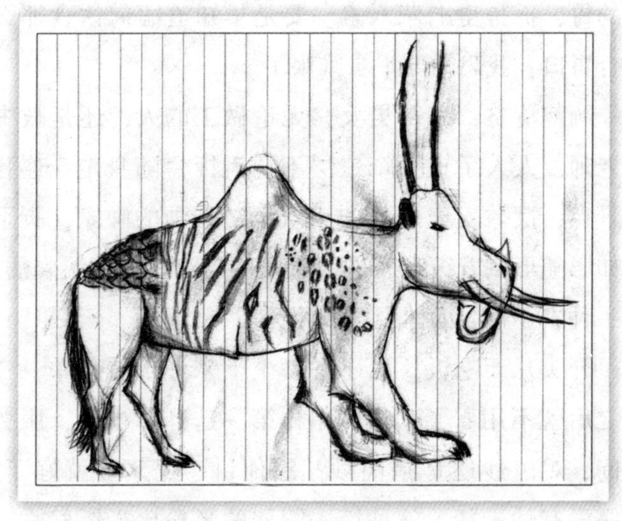

在缅甸吃饭

年底假期，想拣个暖和地方去晃晃，摊开地图，端详亚洲两眼，就拣了缅甸。我极端无知，以为缅甸饮食精神，大致跟泰国接近，冬阴功啦咖喱啦青木瓜沙拉啦是家常主流。无知的唯一好处，是无畏，就顶着这一脑袋极端无知，奔去缅甸晃了两个礼拜，把自己的胃，折腾得七荤八素。要是早知道缅甸饮食那么不合胃口，我恐怕要举步维艰了。

缅甸清贫，满街男女，无论做工的人，还是教书的老师，人人手提一个三层不锈钢饭盒随身走，连各地景点，摆摊卖纪念品的小贩子，画画的画家，脚下都如影随形搁着饭盒。这种全民便当，其实满温馨的，有一种农业社会的体温，我很爱。

开头几天吃饭，我还餐餐坐下来仔细看菜单，三天之后就不用看了，很简单，第一选择炒米粉，服务生问，鸡肉炒还是猪肉炒？跟他讲，蔬菜炒就好了。万一没有炒米粉，就炒饭。缅甸的米粉比米饭好吃一些，所以炒饭排名靠后。

跑到古都曼德勒，是从仰光颠了一夜的长途汽车过去的，黎明寒风里赶到旅舍，冷得打抖。丢下行李，奔出去一瞭望，对面有个热气腾腾的早餐铺子，一个黑胖男人在煮奶茶，类似印度拉茶那种，手法熟极，悠扬得不得了，包子看得呆过去。旁边伊家儿子在大油锅子里炸肥硕油条，我一下子馋得情不自禁，赶紧钻进黑魆魆的铺子里坐下来，要奶茶要油条，有趣的是，我亲耳听见缅甸人叫油条“炸鬼”。真是好多年没吃过那么好吃的奶茶配油条了，想不到竟然在千里万里之外的异乡邂逅。

晃过仰光，晃过曼德勒，晃过蒲甘，最后晃到茵莱湖，高原上的明净湖泊，湖光山色配透明空气，景致果然世外桃源，圣诞假期来此慢慢晃的欧洲人一票一票络绎不绝，街上好多小旅行社，顺带卖旧书，都是欧洲游客随手丢下的。细细看过去，从俄语到波兰语，什么文字的小说书都有，倒是英文成了小众偏门，竟然还有一册普鲁斯特的《追忆似水年华》，还有人在旅途中看这种书，叹为观止。茵莱湖的饮食倒是跟缅甸其他地方有点小别，这里有非常不错的炭火披萨，还有炭火烤湖鱼，大大条，烤得满街飘香。我们坐在酒店的露天餐桌前，一本正经铺着双层桌布，细瓷餐盘，全副刀叉剑戟，吃火烧火燎现烤的湖鱼。厉害的是，桌边一群健硕野狗挥之不去，五六条大狗虎视眈眈满眼绿光。吃完拿鱼骨鱼头给包子，嘱咐他端远些，倒给狗狗们。包子问为什么远些？跟小人讲，万一狗狗们争食打起来怎么办呢？包子丢下鱼骨，还没转身，狗狗们真的打作一团。荒荒的黑夜里，吠声一片，此起彼伏绵延了半条村子。而月亮和星星，漫天的，倒是亮极亮极。

最后的晚餐

吃得很饱的时候，出道偏题，考考各位。

最后的晚餐，你想吃什么？

深情老男人略一沉吟，一字一句认真讲，红烧肉，白米饭。肉要五花水晶的，炖得恰到好处，颤巍巍的，米饭务必要雪白，要热腾腾，不要黄，也不要糙。老男人神色沉痛，交代得斩钉截铁不容分说。我在心里哗哗笑倒，不用讲，这样老农风情的一餐，于老男人，必定是久久久违了。老男人弹一手精致肖邦，清夜里聆听起来，很飘很诗很悱恻。跟伊吃了半辈子饭，吃得最多的，不骗你，是红薯焖米饭。上个礼拜，一腔热血约伊去吃某小馆的名肴猪八戒踢足球，就是红烧蹄膀焖蛋，伊那满面的不屑，我还记忆犹新。伊看我一肚子笑意吟吟，叹口气讲，一辈子不能跟你讲心里话的，讲了，被你笑成这样子。

微乳细骨的少妇人，一听我的偏题，婉转蛾眉，细声细气地讲，最后的晚餐啊？谁煮给我吃呢？我还能吃到我姆妈[1]煮的饭吗？一句话，一个媚眼，我倒给她讲得眼睛潮潮的。要是真的吃得到，我想吃红烧带鱼，雪菜豆瓣酥，油焖茭白，清炒水芹菜，萝卜丝鲫鱼汤。姆妈活着的时候，家里吃夜饭，四菜一汤，蓝花碗，瓷汤盅，竹筷子，电灯黄澄澄的，收音机里听听蒋月泉严雪亭，一吃吃脱半个夜里厢。我提醒伊，不吃肉啊？最后的晚餐哦。少妇人翻我一个江南大白眼，人家从来不吃肉的，姆妈讲的，肉腥气来兮，吃肉的女人蠢头蠢脑，屋里厢只吃鱼，顶多吃点肉边素。少妇人讲到此处，一脸的娟娟秀色风起云涌，我陪衬在侧，只觉自己活生生傻大姐食肉兽粗得无地自容。不过话说回来，少妇人的这最后一餐，当真家常秀美，有姆妈的手香和体温。

隔日邂逅踌躇满志的金融巨子，大力拍伊阿曼尼西装包裹的秀挺肩头，讲讲啊。这个一贯口若悬河分析国际金融局势大开大阖从来不打草稿的人之精华，面对如此偏题，扶着金丝边眼镜，咽下一大把傲气，低调诚恳地讲，最后的晚餐啊，我想吃贴玉米饼子，炖一巨锅子酸菜粉条，大白肉片子，片得肥嫩肥腻的，酸菜最好是有机的，粉条得是粗黑有劲的，玉米饼子你会贴吗？松脆松脆金黄金黄的，你肯定不会。伊那个口若悬河的劲头说着说着就上来了，五分钟之后，

---

① 姆妈，上海话，母亲，妈妈。

伊把这顿一锅出的酸菜粉条贴玉米饼子，描绘成了金镶玉的满汉全席，我在一旁听得疯狂流口水，最后苦着脸，跟人之精华讲，我好饿啊。

回家也拷问包子小人，最后的晚餐，包子想吃什么？小人脑筋急转弯，万一是早餐怎么办呢？我闭上双眼，跟包子讲，不管不管，就当那顿是晚餐吧，吃什么？包子想也不想，冷静地讲，妈咪，我要吃粥。我有点晴天霹雳，并意犹未尽，追着问，什么粥？包子答我，白粥啊。这样无印良品的一餐啊，我家小人超禅，我有点头大哦。

早春的鱼与雨

我城早春的雨，清润如酥。要是不算铺天阴霾的话，这个季节的红尘，气质仿佛娇小美人，发边簪一枝带露玉兰，梦里梦外，甚是动人肝肠以及肺腑。

亲爱女友从东京来，彼此相讨，伊想念本埠黄鱼面，我想念矢泽永吉唱片，微信里来来去去，互相狠狠翘首。次日，细雨黄昏，默坐在小馆子里等待伊人，湿漉漉地推门进来，迎面一个相思怀抱，一袋子琳琅礼物速递到心口。日思夜想的摇滚老天王的唱片，黑黑白白灰灰，封面上，老男人凝眉摇曳，指尖上风尘历历，看一眼，心已粉粉碎尽。再也舍不得看第二眼，这么好的东西，我要留在长长深宵里，一个人的寂静光阴中，慢慢享用。

坐下吃鱼。大眼炯炯的老板半生半熟，这间馆子去过无数次，人家见我一次忘记我一次，弄得我自信丧尽。今晚大眼男照例热辣似火飞扑进来，看见女友一身东京打扮，人家风情万种扭着温柔 S，来了两句夹生日语客套，惹得女友惊喜交集，尖叫连连在心。

跟伊讲，今宵主题，是吃黄鱼。大眼男立刻七情上面，翻飞着大型媚眼跟我讲，今朝有黄鱼春卷，吃吧？一人两卷？阿拉的黄鱼春卷，侬吃了，肯定跌进去。

这样的黄鱼陷阱，你不劝诱，我亦甘心跳进去的。然后再要了正当季节的红烧鮰鱼，以及招牌看家的雪菜黄鱼。

黄鱼春卷上桌，大眼男殷勤布好醋碟子，十分懂事地转身离开。店家再得意的杰作，亦不应该看着客人动嘴。于是一口下去，啧啧，真真是销魂的，酥脆在外，野生黄鱼的细嫩鲜软在内，口感曼妙无比，尤其那股无可名状的黄鱼的鲜肥细致，实在是人间逸品。三个人的饭桌子，人人埋首默默，无暇无力发表感想。一卷吃完，彼此抬头，相视而微笑。半生的知己心思，统统都在这里了。跟黄鱼春卷比，一向招牌的雪菜黄鱼，可是失色尽了。大眼男布下的陷阱，天罗地网，密密罩紧了我。

饭后小高潮，心潮澎湃地跟大眼男交换了微信。第二天黄昏，人家情深意长微过来，买晚报看你的专栏，如今是头等大事了。

而我的大事，则是徘徊在女友给的唱片里，老男人的摇滚韵致，于暗夜里连连爆炸，极是妖魅。还有两本簇新的日语小说书，搁在枕边，仿佛米缸里有了米，让我这样的安详富裕。

馋人萍踪

之一，春天行走。友人在樱花谢尽的小淡季，飘去京都晃。一路飘一路晃，一路在微信上高调秀照片。好像今生今世的中年男人，人人爱干这个。一路走一路贴，日日夜夜汇报详细行踪，点点滴滴汇报心灵如何震荡。原本一百年见一面的男友，现在日日夜夜低头抬头就碰面，还十分深入地跑到人家灵魂深处碰的面。这个我真的比较不习惯。中年男女相见，从来都是只见嘴脸不见灵魂的，现在这样频频触碰精神底线，仿佛也太不含蓄了，我这样性子的女人，如何受得了？

于是就另辟蹊径，看完人家的京都灵魂，出个小鬼，跟伊讲，带点美轮美奂的京果子来吃吃，想念得腰细挎了。

人家片刻微回来，晓得了，馋佬胚。

看完这一句，笑笑，嗯，当面从来道貌兮兮称我美食家的，到了微信里，果然身手就是灵巧了很多。微回去，馋佬胚就馋佬胚，谁怕谁？不要小气，拣最好的买，馋佬胚嘴巴刁来兮。想想骂也给骂了，那是无论如何也要吃口好的了。

人家正正颜色，微过来，哪家好？侬讲。

龟屋良永啊。一边写一边口水如瀑荡漾。

下午人家亲脚跑去了龟屋，站在那里又狂微细节，忍不住请伊拍点照片来解解馋，务必拍张门口暖帘的，云云。京果子还在路上，我这里已经肝肠寸断地翘首起来了。

之二，携友人去吃黄鱼，隔夜跟老板微好，拜托人家留个顶级小房间给我。第二天艳阳天气，十分喜悦地就去了。进门老板迎上来，端详一眼，真真不得了，人家本来就是俊男一枚，今天打扮得气宇轩昂简直赛过银行大班，老鼠灰的西裤，笔挺垂到脚背，藏青条子衬衫，浆得雪硬。同行女友有十分深刻的条子情结，看见男人穿条子衬衫，见一次心碎一次。等老板寒暄完了退出小房间，女友一边点烟一边唠叨了两遍藏龙卧虎藏龙卧虎。

龙前脚出去，虎后脚就进来了，老板娘进来帮忙点菜，雪白粉团的美人脸，穿一身温婉黑丝绒，真真蓬荜生辉。还好当天吃饭各位，一一都打扮齐楚，否则身边站如此一位老板娘，潦草一点的客人，还如何坐得住？

点完吃完，出来账台上付钱。老板无声飘到身旁，在耳根子底下细细讲，让侬破费了。如此道地如此贴心，久久久违了，弄得我心底一软，不知如何敷衍人家才好。

黄鱼好吃还在其次，顶顶迷人动人，还是那点圆熟幽香的人情世故。本埠的大小饭馆子里，哪里还寻得到？

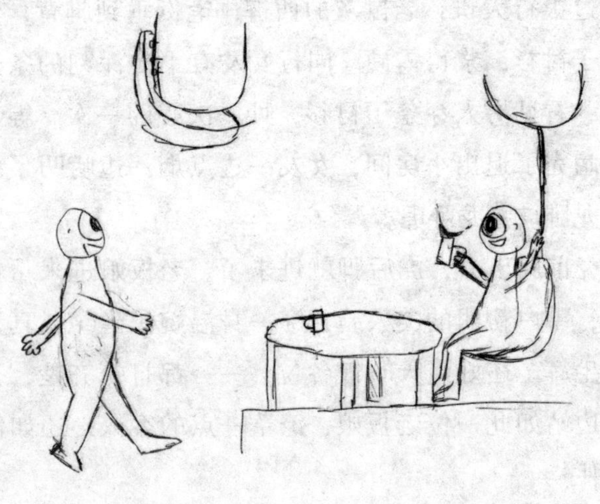

一尾鱼的幸福吃法

吃鱼，吃一整条的鱼，在我的记忆里，总是花开富贵的，至今坐在桌前写字，写到吃鱼二字，心潮起伏的，还是幼年时姆妈煮的那一盘华丽硕大的松鼠黄鱼。每年除夕的这一盘鱼，香喷喷地端上桌来，真是美满堂皇。不知多少年没有吃过这一味了，我也就是午夜梦回在心里想念再想念而已，不敢真的去找这一味来吃，因为肯定是找不回幼年时候的那个色香味了，黄鱼不是那时候的黄鱼，松鼠亦不是姆妈的松鼠，何苦自找失望去呢？

长大以后走东走西，松鼠黄鱼这样十全十美的鱼肴，是真的可遇不可求了。日本人很会吃鱼，可是人家吃生的，了不起就是撒把海盐烤一烤，最深刻的功夫，好像也不过就是拿味噌去煮，算起来，日本人的这些吃鱼本事，已经是很禅很高明的了。法国菜被世界人民高山仰止，可是在吃鱼一事上，法国手法真的初级得不行，随便在巴黎找间上榜餐馆，进去看看他们的鱼肴，无非是拿个鱼排来煎或者炸，淋个花里胡哨的酱汁，五味调和这种高级事情，法国人好像不是很懂，至少在煮鱼这件事情上，是基本没有入门。最惊人是法国人吃一整尾鱼，就那么清水白煮，添一勺酱汁，就端上来了。鱼是鱼，酱汁是酱汁，两者要到食客的嘴巴里，才完成调和过程，跟烹煮是没有关系的。法国菜让我灰心看破，这尾鱼，是重要破绽之一。

广东人很会吃鱼，最精绝是清蒸功夫真真一流。寄居香港那几年，我对那里的煲汤和一尾鱼，真真佩服到五体投地。没有比广东人清蒸出来的鱼，更空灵秀美的鱼肴了，那么朴素的烹调手法，那么浑然天成的上等美食，让人无比服气。后来在家里也自强不息，一再挑战清蒸海上鲜，曾经被很多刁钻客人夸奖我的清蒸手段，连家里老人也赞不绝口，不过我自知之明还是有的，我的那点清蒸功夫，跟广东人比起来，还只刚刚及格。

家里常常做的一尾鱼，是超级简单的意大利式烤鱼。随便何种鱼，一整条，洗净，内外擦遍海盐和胡椒，搁在烤盘里，三四个熟透的大番茄，两个大洋葱，统统切丁丁小块，拿个大碗来，番茄洋葱切好了，丢进去，撒海盐撒胡椒撒橄榄油，再来大把的香草，什么都可以，我自己是超级喜欢百里香，拌拌匀，全部倒在鱼上，250 度的烤箱，热烤 30 分钟就好了。端出来的那满盘的鱼，真是妖娆动人美不胜收，色香味形件件无可挑剔，拨开鱼身上的蔬菜，下面的鱼肉非常滑嫩鲜香，几乎媲美清蒸作品。

我在上海家里，常常拿鲈鱼来烤，蔬菜也是随着时令，乱翻花样。比如切很多藕丁、茄子丁、山药丁、青椒丁、毛豆子下去，浑然一大盘地烤。不过蔬菜无论怎样变化多端，番茄和洋葱总是不可或缺的。

这尾鱼的做法，我最早是从栗原①那里学来的，从日本厨娘手里，学一道意大利菜，好像是很混乱很搞笑的路线。这道鱼肴最得我心的，一是超级简单，二是超级健康，三是超级好味，四是超级卖相好，所以一烤再烤百烤不厌。

① 栗原，日本著名厨娘，全能煮妇。

牛肉和它的贵妃们

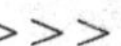

爱 枣 说

有一种媚惑，我一直无力抵御，来自枣的媚惑。

枣的那种红，宽宏大量的甜暖，深沉华丽的包容，仿佛大地之母，通常是一枪就能把我击中。妇人穿一身枣红，不要梳精明世故的横爱斯发髻，垂一肩松软大卷的浓发，颧骨宽宽，唇吻宽宽，胸膛宽宽，一身恰到好处的袅袅肉香，是我梦里永生不灭的慈母形象。小时候读孟母三迁那种故事，我小小心眼里，想着的，就是那样一位软糯枣红的孟家姆妈，黄昏时分立在弄堂口，衣也翩翩，发也翩翩。

后来还是读书，读到文豪的一笔名句：在我的后园，可以看见墙外有两株树，一株是枣树，还有一株也是枣树。在那篇叫做《秋夜》的散文里，鲁迅先生这样别具怀抱地拉开场面，至今还有很多追随者，对这一名句做种种注解。谢谢鲁迅先生，当年没有一落手就贫乏地写“我的后园有两株枣树”。一株是枣树，还有一株也是枣树，那种目光缓缓移动，那种一往情深，对于我这种有爱枣情结的人来说，真是写意极了。

再长大一些，就把一切跟枣泥有关的食物，踏踏实实地爱了又爱。

去陆家庄吃饭，饭后甜食，看都不用看，总是枣泥汤团。陆家庄的枣泥汤团，高度纯粹的本地风格，扎实得像一只粉糯小枕头，满腔的枣泥，香彻云霄。茶足饭饱之后，人人捧着肚子慢慢吃西瓜，瞠目结舌地看住我，一个，两个，三个，不好意思，我通常可以心旷神怡地吃掉四个枣泥小枕头。

每年冬至前后，我总要拎几斤黑枣，跑去附近的菜市场，请一位赋闲在家的老妇人，帮忙去核。老妇人一边晒太阳听收音机，一边帮我忙。几天之后取回家，往黑枣肚子里塞进核桃仁瓜子仁，宽宽浇一大盅橄榄油（20 年以前是塞一小粒水晶猪油），搁在深锅里，细火慢炖，一个钟头之后，那满屋子肥腴深广的枣香，让人筋酥骨软举步维艰。那是我家冬日最得人心的一个碟子，早一碟，午一碟，深宵床头，来来，再一碟。

枣是朴素的平民食物，无论怎么煮，都不会难吃。早餐煮麦片，丢一把无核金丝小枣进去，麦片便香甜迷人。自家磨豆浆，丢一把黑枣进去，磨出来的豆浆，不仅香而且补。煮白米饭，拌些枣肉一起煮，煮出来的饭，色香味都好。人到熟年，无事长饮黄芪红枣汤，据说可以预防不少恶病。

不过我也有一种对枣的厌恶，这辈子，特别不能忍受拿糖或者蜜去腌渍枣子，渍好的枣子，甜得气势汹汹，腻得身世可疑，而枣自己的那股子天香，就荡然无存了。这种腌渍的枣，谢谢，我就不吃了。

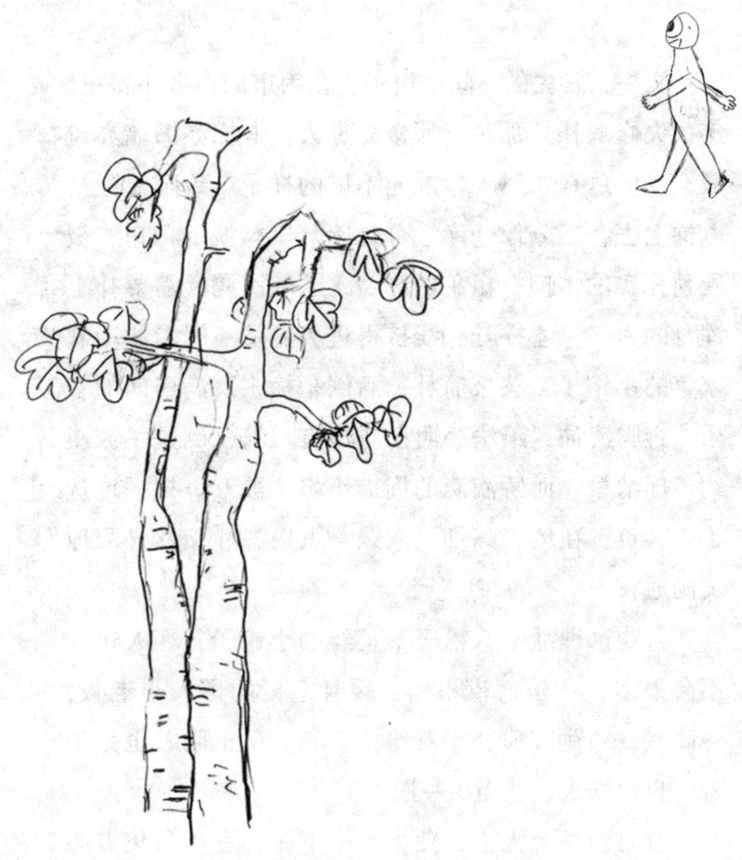

私房小馆子

之一，常去的一间小馆子，在闹市的商务小楼里，年久失修灰扑扑那种。那楼晃进去，电梯亦旧墙亦斑驳，身世总有二三十年混沌不堪的样子。轰隆轰隆搭电梯上去，三分像仓库七分像工厂，黯淡的门口，极硬劲扎实的木门，粗犷的弹簧，杀气腾腾，需要扑上浑身的力气，才推开一线挤得进去。是一间卖法国农家菜的小馆子，菜极简朴，酒倒是横多。满房间的音乐，奔腾流油，跟法兰西彻底没有瓜葛，倒是一派纽约工厂情景。而娇滴滴的周璇小姐，被万里挑一地选了来，负责在墙上眯细了双眼，飞扬恣肆又软又甜地笑满通宵。

喜欢这种乱七八糟极不正经的小馆子，客人永远不会很多，音乐夜夜不错，腰身笔挺的黑人小老板，一高兴，还跳段疯狂小舞给你下酒。反正闲着也是闲着，自娱娱人，就当买一送一。

有时候一个人去，独坐一个下午，发点呆想点心事。有时候亦约个亲爱友人去，讲讲废话诉诉衷肠，天南地北，咬牙切齿，且笑且骂，亦真不坏。

最见不得，是深夜里，黑人小老板一遍一遍过来殷勤劝酒，那一脸深浓的笑，宛如打翻黑糖瓷罐，稠稠密密淌满一地。

一见再见这样的笑颜，弄得不好，会小小失眠也难讲。

之二，有位外埠友人满腹惆怅跟我叹，你们上海女人，个个都有自己的私房按摩师傅，个个都有自己的私房雪菜黄鱼面馆子。讲完，啧啧连声，一脸的嫉妒痛恨。私房按摩以后再讲，今天只讲私房黄鱼面，倒是真的如此，难为这位外埠友人，总结得如此精致周到一针见血。

通常的黄鱼面小馆子，统统无法久坐，吃完请走没什么好眷恋的，大概也正因为如此仓皇，反而引得人，一次次地回头再来，企图重温那种不曾尽兴的滋味。黄鱼面这种东西，只是吃个滚烫嫩滑，五分钟之后，一大半的美好已经荡然。常看见懂经老食客，默默坐下要双份浇头的黄鱼面，面一上桌，你看人家那个心无旁骛，报纸一卷，眼镜一摘，手起鹘落，几筷子来回，已经双份浇头落肚。

常去的黄鱼面馆子，隐在闹市角落里，除了黄鱼面绝色，小老板亦绝色。本埠中年男，一双眼睛少有的又大又圆又明亮，简直奇葩一样照亮整间小馆子。

你一呼唤，伊立刻一脸的惊惶，飞一样扑到你跟前，侬是叫我吗？要是男客人叫，我肯定就不过来了，今朝响油鳝糊刚刚卖光，酱鸭吃吗，保证侬好吃，美女侬好像是外国回来的是不是啊，笋干烧肉绝对嫩，侬放一百个心，我讲话侬还不相信啊，有数有数，茉莉花茶马上泡过来……大眼炯炯男那种自来熟，久经沙场的豆腐西施，统统要给他站到一边去。而最令我匪夷所思的是，大眼炯炯男每一次水深火热地搭讪完你，几乎兄妹相称老友相待。而隔三天再去，伊仿佛从来没见过你一样，大脑清空，交情归零，认真从头搭讪起。一次两次还罢了，三五年来，从来如此，这个我就胸闷不已了。究竟是大眼炯炯男太没心眼了，还是我自己长得实在太扁平了？

吃黄鱼面吃到要揣度小老板的心肠，我想我真的是腰细垮了。

菜场里的女人

我喜欢上菜场里看女人，喜欢了很多年，乐此不疲的说。有点可惜的是，我家门口的那个菜场规模迷你，看得到的女人不够多，天气好的时候，我吃得饱饱的，骑个自行车，去远一点的菜场，看女人。比如川沙的啦，唐镇的啦，北蔡的啦，一个村子一个村子地看过去，想象自己在给电视剧剧组选女演员，非常好白相。

蛋档的妇人，天天穿件深色西装卖鸡蛋，头发烫得波涛汹涌的，样子超权威。看见我，就跟我推荐有机蛋，偏偏我不热爱一切有品牌的鸡蛋，跟伊要最小最无名的蛋，乱七八糟的，超没姿色的，我爱那种土鸡蛋。伊闲下来的时候，叉着手，安安静静地东看西看，倒是有一种神定气闲的气象。

蛋档隔壁，是活鸡活鸭档，那个年轻的女老板，是我见过的，最有水浒气质的女人了。尖瘦脸，吊梢眉，杀气腾腾的黑眼，一抹血淋淋的口红。伊穿水靴子，围很脏的围裙，看见伊的时候，不是在飞刀剁肥鸭，就是在剥鸡脖子上那一嘟噜啰里啰唆的皮。伊长得那么粗犷，可是我喜欢伊比喜欢王菲多得多，不仅因为伊卖的鸡鸭品质纯良，更因为这个女人，一身的八面玲珑水晶剔透真真不是吹的，手里忙得翻飞，眼角扫见老客户走过，百忙之中必定纷飞一两个媚眼，绝对不害羞地丢两声甜蜜健康招呼过去，真是鸡窝里的蓝凤凰。伊的生意好绝好绝，一本小本子，又沾水又沾毛还沾血，写得歪歪扭扭密密麻麻，都是老客户跟伊预订的好货。比如我，礼拜一，包子有越野跑，我跟伊订了一只辽宁土鸡，超香超补。

鱼档的小妇人，那真是明媚动人，描细细的眉，一年四季穿超短裙卖鱼。如此娇小玲珑的女子，简直就是菜场里的一枝花，伊背后站个胖大老公，不像鱼档老板，倒像肉铺老板。我很八卦的，一边买鱼一边拼命打听人家隐私，你家老公以前做什么的呀？小妇

人温柔笑笑，一边帮我收拾乌贼鱼，一边小声答我，伊是解放军呀。原来是退伍军人哦。我为这样动人的郎才女貌，认真激动了一会儿。

水果铺的小妇人生得白白净净十分清爽，浑身一团和气半点戾气都没有，贩夫走卒里，亦会有如此明朗响亮一尘不染的女人，真真匪夷所思。从前去伊铺子买水果，常常看见伊望着电视机发痴，这一两年，这水果西施有了新爱好，喜欢趴着绣十字绣，我喜欢看伊，从绣布上抬头起来，那一瞬间的怔忪懵懂，如大梦初醒回到尘世，实在好看。称两个石榴，剥一个柚子，收拾完了，我一出铺子，伊又趴回绣布上去了。

面铺的胖大妈，我也喜欢的，连眉毛都粉粉白白的，像个生动的活广告。常常烦伊帮我做一点烧卖皮子糖醋蒜头之类的，还曾经烦伊帮忙做荞麦面，可惜，没做成，那荞麦面没韧劲，刚轧出来，就断得粉粉的，胖大妈着实懊恼了一阵子。

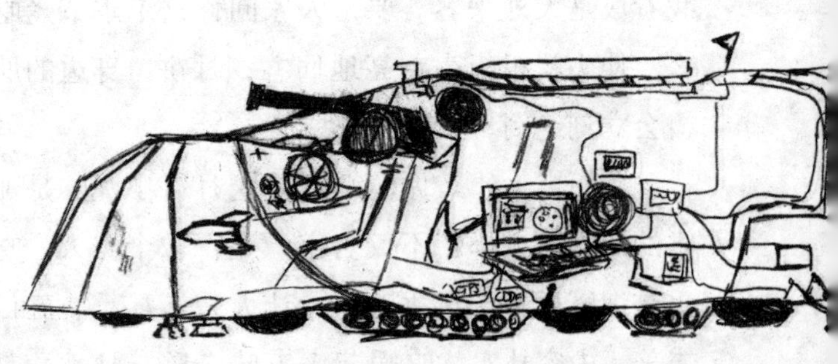

月饼爱

我是那种现在已经很少见的、非常、非常喜欢吃月饼的女人。每年白露不到，已经开始一饼一饼地吃上了，一直要吃到中秋以后才罢手，年年如此，一年都不舍得放弃。

承认自己喜欢吃月饼，搁在今天的上海，实在是需要一点勇气的。朋友无论男女，询问起时令爱好，我总是要略作沉吟，然后小小声柔软地说：月饼啊。自己都知道，说这个话的时候，自己那个样子是状如小甜心的。纵是如此，男友女友还是惊愕得差点要把我看成是天外来客。要是人家问你这个季节爱吃点什么，伸头就粗粗声响亮地回答，月饼！身边的朋友大概会立刻绝倒。

然而，为什么你们都不爱吃月饼了呢？是那么好吃的甜食啊。椰芸不仅名字漂亮得像个美人，吃起来更是细腻软糯，椰香芬芳，让人爱不释手。五仁华丽丰美，内容扎实，咀嚼起来五味杂陈，甘香馥郁，像足美好人生。还有清水玫瑰，香艳得让人怦然心动，而且，这款月饼，在我看起来，略略带着些古意，味道就格外的高远。如此美食当前，我都要失去理智了。

每年的这个时节，我都要日日早起，熬一点白粥，挑两个月饼，分别切成四份，摆上早餐桌。这样美满的早餐，难道你不向往？

月饼亦是绝好的下午茶点。沏上一壶浓艳喷香的玄米茶，配一角奶油椰芸，太太们在客厅里弹弹琴、读读书，上等幸福啊。或者煮一杯黑咖啡，来一角五仁月饼，初秋的午后，艳阳高照，那感觉真是有一点点盛世年华的味道。晚饭之后的甜点，千万不要忘记了月饼。下午三点开始，就记得把那个莲蓉月饼搁到冰箱里，晚饭之后取出来，用飞薄的快刀，匀匀地切开，一薄片一薄片地，累在青瓷的碟里，再来一碟白嫩的水晶梨片，再来一壶滚热的铁观音，真正是无以上之的享受啊，什么哈根达斯提拉米苏，统统地不是对手。

忍不住要讲讲香港人的月饼。香港人是很奇怪的，他们一到中秋，什么月饼都没有，只有一味莲蓉，这种独沽一味的做法，究竟是从哪里来的？如果有朋友知道，请一定讲给我听。生活在香港的那些年，到了中秋，就有点凄惶，单一味莲蓉，怎么够吃呢？然而香港人才不管我们外乡人的感受，香港人的做法，是把这一味莲蓉做到极致。他们在这个方圆有限的莲蓉月饼里，填进去越来越多的咸蛋黄，开始是蛋黄莲蓉，然后是双黄莲蓉，再后来是四黄，有一年我还吃到了八黄的莲蓉，而且是名店出品，吸引得不得了。我的女友，刀功精湛地把那个月饼切成菲薄的一片片，每一片内，都有蛋黄有莲蓉，每一口都曼妙多姿，回味无穷。这种类似于北京烤鸭的刀法，真正叹为观止。老实告诉你，那样的月饼，好吃得无法忘怀。

有年中秋，我刚好在旧金山，我的亲爱朋友请我吃月饼，中秋的下午特地请假，跑去唐人街买月饼，那月饼拎回家，新鲜得像白灼的海鲜。面对我的瞠目结舌，我的朋友白我一眼，跟我说：月饼当然要吃当天出炉的，搁了防腐剂的月饼，怎么能吃呢？我深受教育，顿时对旧金山有了初步的好感。而且，从此再也不敢在中秋前夕，给国外的朋友们速递国产月饼。从前我每年乐颠颠地做这件事，还以为自己做的是好人好事。

最后说一句，爱吃月饼的女人，有一条铁则，中秋过完，身上不能多一分赘肉，要是吃月饼吃肥了自己，那也太没有品了。

吃遍天下家常菜

每年一到年尾，都逃不过去，要被逼着写新年心愿。其实说真的，明年我想做的事情，足足有一筐之多，一一罗列出来，恐怕会像一张花枝招展的购物清单，浏览起来简直贪心无比，公开出来实在不像什么话。想想还是百里挑一，拣一个俗俗的心愿，水淋淋地表白一把。

我的生命里有一个简单朴素的永恒主题一以贯之，三辈子都不可能变色和褪色，就是关于吃。每年吃，都有一点小小目标深深乐趣。明年呢，立个大志，吃遍天下家常菜。呵呵，写到此地，已经口水汹涌欲罢不能了。

家常菜的迷人，纸短情长，我就不一一细说从头了。只说一句不客气的，馆子里卖的，大致算不上家常菜，顶多是伪家常菜，这个我比较讨厌，肯定是不喜欢吃的。家常菜自然是要登堂入室到家里去吃的。吃遍天下家常菜，就要落力攀搭天下的好男好女，这个前戏已经让我相当激奋了。根据以往的人生经验，一碟优质的家常菜，跟眼前那个做菜的人，通常是等量齐观的迷人，少了谁都比较没劲。为了一碟共同的美味，为了一种迷幻的口感，我们走到同一个厨房里来了。

为了寻觅家常菜，行万里路，我也不在话下；花小钱如流水，我也心甘情愿。广结家常缘，碟碟不休，碟碟不朽。

好了，还有像我这样的家常菜粉丝吗？要是有，请你站出来，我们一起上路去寻芳好不好？

村上春树的食色事情

在古北的一家旧书店里，看到一本村上春树的书，日文原版的，2000 年 8 月出版，到 12 月，已经第六次印刷了。这是一本很杂很碎的书，书名是《是啊，听听村上春树怎么说》，是村上春树在他的个人网页上，回答粉丝们提问的集锦，我站在书店里随手翻翻，非常惊叹于村上春树的魅力，他的粉丝从社会精英到家庭主妇，基本包罗万象。终于忍不住，我把这本杂碎买了回来。

一位三十岁的女粉丝问，村上春树先生，你觉得世界上最好吃的食物是什么？只能说一样。我以前问过别的人，得到的回答有，鲜奶油，咖啡，豆沙，豆芽，茄子，白饭，肉，等等。我自己最喜欢的食物，是融化的奶酪。

村上回答，我觉得最好吃的食物是这样的。工作得告一段落了，忽然发觉其实肚子满饿的，拉开雪柜一看，里面什么吃的都没有，没办法，只好骑车出去。

先到附近的小店，买一个刚刚出锅，炸得金黄金黄的土豆饼，然后再到隔壁的面包店，碰巧有面包刚刚出炉，请师傅帮忙把面包切得稍稍厚一点，然后到第三家店里，买一小瓶猪排沙司（类似上海人的辣酱油），把土豆饼夹在面包里，淋上沙司，一路走到附近的小公园里，坐在长凳上，烫乎乎地吃下去。就是这样的。

某女粉丝问，村上春树先生，一触即发是不是下流话啊？

村上回答，你好，让你这么一问，倒是觉得，真的耶，一触即发真的是相当下流的啊。一触就即发了，真是要遭人讨厌的啊。

一位二十多岁的女粉丝问，真是不好意思问这样的问题，特别是对夫妻恩爱的村上春树先生，问这样的问题，真对不住。我的问题是这样的，这个世界上，有没有可能，存在一种不伴随肉体关系的不伦之恋呢？

村上回答，突然被问这样的问题，我的汗都下来了。我的看法是这样的，不伴随肉体关系，就不是不伦之恋了。因为有肉体关系，才是不伦之恋嘛。为什么是这样的呢？这个嘛，等你再长大一点，就明白了。

一位二十三岁的女粉丝问，我做你的粉丝已经8年了，有件奇怪的事情，我想请你听一听，我读你的小说，读着读着，就食欲旺盛起来了，看别的作家的书，从来没有这样的情况发生过。有时候，我甚至是先预备好了食物，然后再开始读你的小说耶。这种情况是不是很奇怪啊？

村上回答，不奇怪啊，很多读者来信，都是这样讲的啊，我很喜欢这样的物质性的读者感想，比起单纯地说一句，读了你的小说我很感动，我觉得这样的感想更真实，比如，读了你的书，我肚子都觉得饿起来了；读了你的书，我真想喝啤酒啊；或者，读了你的书，我就想出门旅行去，等等。也许这话不适合大声说，但是我还是要告诉你的，不少读者跟我说，读了我的书，性欲也旺盛起来了。我觉得这也是怪好的啊。

如果有篇幅，我真想继续抄书抄下去，稿酬捐给村上春树，我不贪污。

豆腐西施

超级爱看豆腐西施，文学是民间广泛流传的那种，比较生动，美人呢，自然也是民间的比较活色生香。

曾经寄居香港多年，后来离开那座城，害我思念得比较厉害的，不是蜚声一时的港姐亚姐，而是湾仔那里的一个豆腐西施。伊是湾仔一间著名面馆的老板娘，这位豆腐西施，很壮观的，秋冬天常常披件名贵皮草，亲自坐堂收银，那个风情，真是夸张得难描难画一言难尽。这还不算稀奇。这位豆腐西施，最厉害一点，是高兴起来，喜欢亲手剥芒果，做个三五客足料足味的芒果布丁。想吃吗？对不起，不卖的。送，送给老食客享用。啧啧，看看那些领受的老食客，那副欲仙欲死的表情，哪里是吃了一客美味芒果布丁，简直是吃了一客风生水起的精神豆腐。好吃是不是？对不起，下一次，可是不知道什么时候再有得吃。豆腐西施很有两下子手腕，那些老食客，被她吊到胃口十足，半辈子吃死她一家。我是只要路过湾仔，一定去她店子里报到，面好吃，西施也真是好看，跟王家卫的小电影有得一拼。

有年去武夷山玩，夜里无所事事，随便拣了间茶叶店，坐进去跟老板娘讲，喝茶喝茶。闽北的豆腐西施立刻很激奋，拿出各色各等的茶叶让我拣。我才不要这种大卖游客的茶，跟豆腐西施推心置腹，你喝什么茶？你老公喝什么茶？拿那个茶给我喝好不好？反正夜正长。豆腐西施从后堂拖出一个大茶罐，献宝给我看，我老公的私房茶。其实那是武夷岩茶里最上等的茶，不过比较碎一点，卖相差了，卖不出好价，干脆就不卖了，留着自己喝。结果那晚我喝完她老公的私房碎茶，豆腐西施十分爽快地匀给我数斤，价钱合理得我都不好意思了。

再有一回去苏州吃羊肉，一条街上，放眼一瞭望，统统是羊肉店，人人说自己有一百年历史，很晕，不知拣哪一家才对。看见那家小馆子门口有个水汪汪的豆腐西施，立刻毫不犹豫地进了她的店子。豆腐西施真是美妙，跟我说，上海人啊？吃羊肉是不是？我店子是没有的，你吃我两个小菜，我帮你去买街上最好吃的羊肉，叫老板加羊汤加羊血，滚热地烧好了，端过来给你好不好？豆腐西施一口软糯苏州闲话，笔直讲到我心里去了。

吃 茶 店

我原来以为吃茶二字，总是我们江南人说的，江南人说什么都是一个吃字，吃饭，吃茶，吃烟，吃豆腐，吃亏，吃生活，一个字就解决了所有的动作，连周作人那种人，写起文章来，也是动不动就吃吃吃的。后来长大，跑到东京去过日子，看见满街的吃茶店，才恍然，原来世界上还有其他人也在吃吃吃，井底之蛙这东西，一不小心，自己就亲历了一回。

日本人的吃茶店，大致是不吃茶的，吃茶店其实就是咖啡馆，除了用英文表示，他们也常常用汉字表示。有趣的是，不少吃茶店，还标榜自己是纯吃茶，这个纯字一加，让人浮想联翩的。

东京吃茶店之多，大概在亚洲居冠是不成问题的，繁华街上鳞次栉比，倒也罢了，连小巷子里都是随时随地的有，多得满坑满谷，跟便当店一样，是生活必需品，而且还都有不错的生意。东京人吃茶的习惯，可窥一斑。大概自明治维新以来，东京人就跟咖啡亲密起来了。有兴趣的专家，不妨加以研究，写篇论文，估计绰绰有余。

在东京吃茶，价格也都是差不多的，在银座的吃茶店，吃一杯香浓咖啡，也就是千把块日元的事情，那种百年老店的深沉气魄，享受起来实在超值。一般的闹市，一杯咖啡大致也在五百八百之间，大多味道不恶，品质和品种都有保证。更便宜一点的，就是那种连锁的、便捷的咖啡馆里，口味统一没有特色，也没有舒适的座位，那是给过路人歇脚解渴的地方，仿佛我们中国人跑到沿街的铺子上，当街站着喝一碗大麦茶是差不多的意思。这种咖啡馆的价钱极是便宜，两百块就有了。东京经济连年不景气，光顾这种吃茶店的客人可是格外多，中小企业主在这种地方也可以因陋就简地碰头谈生意开个小会，省俭是真省俭。

低碳这笔账

大概五六年前，旅行在外埠，乱钻小巷，勤逛小铺，于一间花花草草堆得铺天盖地疑似旧货店的杂纸店子里，翻到过一册别致好玩的日记本子。翻翻，柔软波希米亚的调调，里头除了常规的年月日上下午之外，还有每餐卡路里记录，还有每日碳记录，附着超详细的碳计量，步行一公里是多少碳值，烧十分钟煤气是多少碳值，煲半个小时电话粥是多少碳值，等等。我当场立住脚，埋头仔细心算，换算出本人一日碳值若干，完了松一口气，觉得自己还没有太对不起地球的地方，总算还是无过无失一介良民。那天离开杂纸店子，出得门来，明晃晃的大太阳兜头照下，眩得眼睛睁不开，忽然就立志，从此应该自觉自新，过粗茶淡饭的日子，低碳再低碳。心思转到这一步，不免私字一闪念，红尘温暖，难弃难离，鸡鸭鱼肉空调飞机，哪一件是拿得起放得下的？心里七上八下狠狠地慌张了一下午。

搁到今天，每日心算碳账，早已不是波希米亚的怪异新动作，而是全球人民的日课。上自首脑，下至草民，人人口诵，个个执行，一天起码将低碳两个字，提到议事日程上，温个一两遍。

以下实录家常情景一幕。

周末开荤，在家给包子煎牛排，小人翻个大白眼，心情沉重兼沉痛地说，这么高碳的食物啊。

我当即胸闷了一下，无话可说。牛排从前是高卡路里，如今更万恶，不仅高卡路里，还高碳。

小人第二句跟着来了，妈咪啊，我情愿吃油炸蟋蟀的，这个是科学家推荐的低碳食物。

这个不是斯皮尔伯格的科幻电影，一点也不 3D，一点也不明天，此时此刻我十分扁平地坐在午餐的餐桌前，张口结舌，一句一句，被小人温柔逼到穷途上。

不过我到底是阴险的成年人，无论如何不会被包子小人批到体无完肤。一个大白眼翻回去，跟小人讲，牛排高碳是不错啦，不过我们今天蔬菜吃生的，不煮，很低碳的。所以平衡起来，还好吧。再说妈咪这个礼拜，整整七天没有开车出过门，都是走路骑车搭地铁的。

包子一万个不情愿地开始锯牛排，仍然不依不饶地追击，也不是所有食物，都是生吃就低碳的。比如三文鱼。

三文鱼生吃不低碳？我脑筋飞转，立刻搜到正确答案。道貌岸然地答：当然了，那条美貌的挪威三文鱼，万里迢迢运到本埠家乐福里，耗费的碳值，简直就是一宗十恶不赦的死罪了。

包子对我的高悟性略表欣慰，继续向我普及碳常识。对啊，妈咪，我以后不喝牛奶了，牛奶也高碳，喝羊奶，羊奶比牛奶低碳多了。

吃完午餐，我拎着包子直奔淘宝，刷刷几点，就订好了羊奶。

至于羊奶从产地运到我家，将要耗费多少碳值，我打算睁一眼闭一眼，不去算了啦。

疙瘩温开水

有的人老了，变得很随和，吃什么穿什么坐什么看什么，统统好商量，一概没有深切要求，马虎就好，差不多就行。

有的人老了，变得很疙瘩，一针一线都有想法，大事小事全有主见，真真难弄得腰细。

据说，年轻时候好脾气的，到老了，常常疯狂变质，恶变至百般难缠，比妖精还讨人厌。而年轻时候作天作地作得天昏地暗的，到老了，倒是安静了，一点隔夜脾气都没，乐呵呵，见谁都眉开眼笑。

大概人一辈子疙瘩的总量是有定规的，有的赶在前半辈子哗啦哗啦大手大脚挥霍完了，后半辈子就只好太平度日了。有的则细水长流克勤克俭，用到暮年还有盈余。这个东西也不方便传给子孙，只能自己埋头暗暗消费。想想上半辈子太乖吃亏死了，心有大大的不甘，便开始浪掷余额，一疙瘩，再疙瘩，事事疙瘩，疙瘩得没完没了。

那么，哪一种老家伙比较让我喜欢呢？随和的，还是疙瘩的？

我比较喜欢疙瘩的老家伙。三餐泡饭豆腐浆草草就打发了的老家伙，有什么好白相？吃得很饱的时候，我还真是兴致勃勃，喜欢旁观老家伙公然疙瘩。

老家伙的疙瘩，有一桩事很经典。

到馆子吃饭，老家伙坐定，要了菜要了点心，人家服务生就殷勤询问，格么喝点啥？啤酒西瓜汁古越龙山还是大吟醸小拉斐？老家伙眼睛闭闭，仿佛不曾听见，跟人家服务生讲，温开水有吗？我要一玻璃杯温开水好吗？这种脑筋急转弯，不是每个服务生都转得过来的，冷着脸笔直回答我们只有冰水没有温开水的，真真不在少数。老家伙想想荒唐，堂堂一间馆子，成排水龙头成行煤气灶，居然煮不成一杯温开水，真真岂有此理。也有的服务生，十分看不惯老家伙这样高碳疙瘩，义愤填膺跟老家伙摊牌，阿拉温开水要收费的，一杯十块钱。更精致的服务生，这样回答老家伙，我们温开水是没有的，你一定要喝，我们可以用依云矿泉水，拿微波炉热一热。一瓶依云二十块，微波加工我们就免费赠送你了。我在沪上某妖艳餐馆，旁听老家伙跟服务生如此畅谈生意经，目瞪口呆笑到七颠八倒。

命好一点的老家伙，如愿得到一玻璃杯的温开水，端起来一喝，完蛋了，那水的味道真真恶劣至极。跟老家伙吃饭多了，我才明白，原来温开水，是顶难搞的一种水，冰水滚水茶水，都可以适度掩盖水的品质，唯有温开水，一点藏不了拙。老家伙企图召唤服务生，就温开水的品质继续疙瘩，这种时候，我都及时出手劝止，算了啦，再疙瘩，人家也没有好吃的温开水给你，白白作一场，犯得着吗？老家伙通常都是懂得适可而止的达人，劝一句，自己跟自己翻翻白眼，就偃旗息鼓了。

我想我以后老了，下馆子，一定不作不疙瘩，我自备温开水。

谢谢老天，希望到时候，不会收我开瓶费。

埋单手势

有一件非常红尘的事情，几乎天天都要碰到，就是举手叫埋单。吃饭要埋，吃茶吃咖啡吃冰淇淋吃小笼包，样样要埋，埋来埋去，就埋出我一丛感慨来。

世上好多男人出门吃饭，热爱夹一个比钱包略大两号的手包在腋下，我当初回国生活，日里夜里，见到广大男人如此这般，委实吓一大跳。那种手包，古往今来，好像从来都是女人用品，随身带点脂粉小钱，求其玲珑婉约，夜里手挽男伴，吃饭看戏，不觉累赘。世风流转，男人居然看着眼热，也人手一个紧紧夹着出来现世，真真太有创意。夜里吃到半醉，男人举手，奋勇埋单，眯起醉红的双眼，对齐手包密码，咔嗒打开，扔出一叠子百元大钞。我是每到这一刻，都速速别转头去，打死不要观看这一幕。纸醉金迷的夜上海，金灿灿的包房里，坐满一房间的杉杉西服，一个个铿锵手包，震撼人心的说。

也见过很多男人，好端端地跟你吃饭，吃完了埋单，忽然从身上拿出一个饱满的信封，暴露出至少一万的人民币来。我是不吃鱼翅的良家妇女，无论如何也没有胆子一餐吃掉人家数千元，顶多几百元的单子，男人却要这样大张旗鼓地埋给你看，我每遇这种状况，必定消化不良。男人为什么没有习惯用钱包？这恐怕是一个旷世疑问，你想得通吗？我争取开动脑筋，年内把它想通。

也见过男人，吃完了，掏啊掏地，从贴肉的内衣里，掏出一张信用卡，光秃秃举在手上，勉力埋单。我第一次看见，差点笑翻，后来才知道，这样的男人，不是一个两个。

小时候看亦舒的书，说，男人女人一起吃饭，无论地位年纪收入，男人都应该踊跃埋单。当时觉得亦舒废话，后来自己长大，才知道世道并非如此。

从前做媒体工作，经常在五星酒店咖啡座上采访名流，工作结束，举手招呼埋单，男名流会说，小姐，我来好了。这种时候，我会微笑争取，以示礼貌。男名流常常会在这一刻原形毕露，做恍然大悟状，说，哦，对的，你们报社可以报销的，那我就不客气了。然后就袖手一旁，眼睁睁看着我一个小女子动手埋单，神色道貌至极。我很小气的，回家写采访稿，一般就会下手，给对方来上两句阴狠毒辣的。

说真的，埋单手势，好像总是女人比较好看。我

的一位亲爱女友，请客吃饭，有个规矩，一进门，先没收所有客人的钱包。统统交上来，到辰光①不要跟我抢单子。我每次赴她的小宴，一见面就主动上交钱包，手软得不行。

① 辰光，上海话，时候。

买菜者说

买菜一直是我高度喜欢的事情，一年四季，从来不需要保姆相帮，喜欢自己亲手亲脚跑去菜场。家里来了国际友人，我千篇一律要带他们去的 must go，就是菜场。那些国际友人看到杀鸡杀鸭杀黄鳝杀甲鱼，大多高举相机，尖叫再尖叫。我自己到外埠旅行，最喜欢跑去白相的，也往往是当地的菜市场。如果菜市场里有些个小铺子，可以坐下来吃点喝点的，我简直就可以赖在那里不走了，慢慢消磨上半天一天的。东京的筑地渔市，巴黎的周末早市，墨尔本的维多利亚集市，都是让人牵肠挂肚的绝妙去处。香港那座狭窄的城，菜市设在山坡上，一路迤逦而上，香艳得叫人流口水。我当年在香港半山的菜市闲逛，就有热心的阿婆冲过来对我大叫，买莲藕啊，买排骨啊，拿绿豆炖汤啊，补的啊，你信我啊。后来这款汤，就成了我家的保留靓汤，果然是温和滋补的好汤呢。

这几年搬家到本城的市郊结合部，这里的菜市跟城里真有稍许不同，一成不变地保留了本地风情，像足一个古色古香的传统菜市。这人世上，有些东西是要永远不变才好的。周末带包子一起去菜市，先到卖核桃的铺子跟前，称一袋子核桃，看小老板把核桃搁在石墩上，一一轻轻敲碎，再到隔壁的香瓜子铺子上，一毛钱抓一把漂亮瓜子。包子喜欢看缝纫铺的阿姨踩缝纫机，我把他丢在缝纫机跟前，自己去买炖汤的壮硕牛骨，那是我的韩国女友教我的，巨大的一根牛骨，敲碎来，满含骨髓，只卖八元钱。而我的台北女友则跟我说，哼哼，我们台北，牛骨都是免费送的呢。我立刻对台北的菜市憧憬得要命。三伏天去买菜，天气太热，绿叶菜断货，在菜市里转了又转，愁困无比。卖菜的老妇人教我，妹啊，拿长豇豆做菜饭吃啊，味道交关好的呢。我如梦初醒，怎么这一味本帮菜饭，就从来没在上海的家常菜馆子里看到过？

那个菜市上很多附近的菜农，推着自己种的蔬果出来叫卖，场面古朴，市声沸然，让我热血沸腾的说。最煽情的叫卖声是这么叫的，让我学一嗓子给你听：

买番茄啊，买番茄啊，我家的番茄是上大粪的啊，我家隔壁是小学啦，大粪足啊，买番茄啊……

主妇们蜂拥而上，一边七手八脚地挑番茄，一边怒目瞪着卖番茄的农妇，好了，好了，别叫了，难听死了。

肤色喷红的农妇正色回答，不叫不行，你们不知道我家东西好。

我拉着包子，在旁边笑翻，包子一手一个美貌大番茄，美好地说，妈咪，今晚我们做番茄酱好吗？

男女食相

除了床，人生里，去得最殷勤的一个地方，似乎就是餐桌旁边了。一日之内，少则两次，多则三四趟。至于床上的表现，大家已经非常重视非常检点了，就不说了，倒是餐桌边的举止，好像还很不整齐，很没有章法，文明程度不是很高，忍不住想说两句。

先说点菜。新一代吃饭者的点菜方式，常常让我吃惊不已。三十来岁的业界精英，做东，请一桌四五位客人小宴，服务生伺候一侧，精英朗声点菜，头一声，叫的是马兰头香干，第二声，就听他叫清炒虾仁。我跟服务生一起朝精英侧目，精英不以为意，第三声接着叫老鸭汤。服务生立起眉毛，不甚耐烦地说，先生，侬先拿冷菜点下来好吗？精英说，不好，先点我欢喜吃的菜，管它冷的热的。

这一句听完，我真是当场发飙的心思都腾腾而起。起先还以为，半大的男生，点菜不如女生世故拿手，大致可以原谅，原来内情竟非如此。这票独生子女长大的精英，从小上餐桌，大概只思考自己中意的那几个碟子，人生三十年，从来没有想过自己以外还有别人，比如家人客人友人的口味。一餐饭，还没有举箸，我已经意兴阑珊。

至于食相，就更加千姿百态令人瞠目结舌了。手佩灿烂鸽子蛋的成功女子，吃得畅肆，边纵声笑谈，边高举一双长筷，在隔肩客人的碗碟边沿点点画画，仿佛搞打击乐出身的。我在旁边观摩，实在心惊肉跳，恨不得拿起刀叉横架过去挡住那双无厘头长筷。也见过北大出身讲得一口流利法语的女子，深思熟虑翻遍翻透一整盘卤水鹅片，千秒之后终于拣定一片挑在筷尖端详半天，然后再无比幽怨地丢回盘里，批评说，太肥了，怡然转过筷尖，往另一个盘子里去发掘金矿。这些年，在上海见识过的斑斓食相，不光是这里篇幅有限，无法一一尽录，我也实在是恶心不下去。

也写一个动人的。

前夜跟一票文化人吃晚饭，一位文化男生晚到了两个小时，那餐饭，已经吃完大半段，人人酒足饭饱闲话人生。男生坐下，瞭望一眼餐桌，说，哇，剩那么多菜啊，等下吃不完，大家一定要分头打包回去，不要浪费啊。然后就见他慢慢吃。主人家转过餐盘，跟文化男生说，吃这个，樟茶鸭子。文化男生笑吟吟说，等等，这个樟茶鸭子是没有汤水的，比较好打包，我先对付这个沸腾鲶鱼，这个没办法打包的。我听来，心里敬意丛生，提起茶壶，给文化男生续了一盏茶。

馆子二三事

之一，亲爱女友暑假里跑去旧金山避暑，一路玩够风凉够，倦鸟知返，死心塌地奔回上海的家。结果一出机场，本埠今夏的震撼高温，令伊魂飞魄散。

不过比高温更难熬的，是时差。我这位通常要睡到正午才起床的好命女友，居然在清晨五点频频短我，内容只有一项，刻苦谈吃。弄得我一大清早的，无论干什么，都紧紧抓着个手机跑来跑去，口水如瀑哗啦哗啦，苦难地流了一地。干脆，我就短伊，不要困了，起来吧，索性奔到鸿瑞兴①，去吃头汤焖蹄面算了。

这碗面，一向是我女友的至爱，从前一起吃午饭，我望望那么巨大的一碗焖蹄面，建议跟伊友情分食一碗。女友刷刷翻我一个大白眼，斩钉截铁答我，不行啊，面分侬一半，焖蹄不好分的。

我想想头汤焖蹄面这样美好的建议，一定让伊人

① 鸿瑞兴，上海著名的老字号餐馆。

十分受落，一碗面净汤宽焖蹄糯的上等好面，温暖吃下肚，回家再困个回笼觉，岂不美煞人？想不到女友短过来，痛心疾首讲，焖蹄是不敢吃的了，旧金山海滩上人人精瘦精瘦的，还是中午约你去吃日本饭吧？

西餐不堪吃，中餐不敢吃，日本餐变成一个卡路里中庸的抉择。不过我还是替鸿瑞兴严重伤心了一下，那么肥美的头汤焖蹄面，居然还有粉丝回头是岸丢个冷酷背影下来。太厉害了，这么酷的事情，我做不来啊。

之二，某火锅店以服务亲切周到，声誉绝赞江湖。我跟包子小人是一对火锅迷，流火天气，拖着小人手，笑嘻嘻去吃幸福火锅。

那个火锅店，有点像外国人的主题餐厅，热气腾腾，好吃之外，还带好玩。拉面跟跳舞一样，吃饭还哄你免费修指甲，零嘴一样一样献宝似的拿给你吃，遇见老人家，不声不响十分体贴地塞一个靠垫在人腰后。最生猛，是服务员小姐一个比一个勤劳，嘴巴甜甜，手脚快快，真真感动人。

不过我还是有点吃不消的事情。服务员小姐一上来就跟我讲，姐姐，你叫我阿梅哦，一边指指胸牌，我看她芳名叫张晓梅的，便连连点头好的好的。锅子滚了之后，我要麻烦张晓梅的事情是频频发生的，我也就照搬江湖惯例轻声唤她小姐，结果人家努起小嘴巴，嗔怪我，姐姐，你怎么不叫我阿梅呀。媚眼一飞一飞的，倒弄得我张口结舌雪花牛肉也吃不下了。更猛的是，张晓梅小姐口口声声把我家老公叫成哥哥，我每听一次，筷子都哆嗦一回。不知道是不是我心理阴暗，我怎么觉得，这样的火锅店，夜总会的意思都微微有了呢？

建议饭馆子还是要有饭馆子的样子，这个本份要固守好，否则，像我这样的古板女客人，像包子这样的青春期小客人，倒是有点举步维艰了。

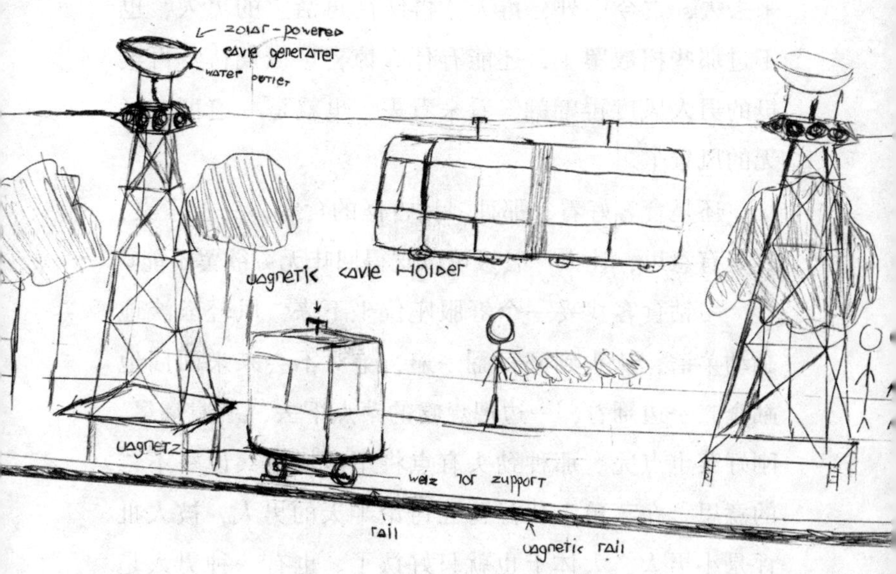

平庸食客

在饭桌上碰到刁钻食客，通常，比碰到情场高手更让我亢奋。

我没有夸张，活到这把年纪，情场高手总算是见识过半打了，太阳底下，真也出不来什么新人物，来来去去，古今中外，再天才再妖怪再活宝的男人，也不过那些招数罢了，还能有什么惊喜可以期待？再英挺的男人风度再翩翩，看来看去，也就是一道可有可无的风景了。

还是食客好看，那种刁钻古怪的食客，一上了桌，真是有意思，让人一餐饭可以吃得回味无穷欲罢不能。

刁钻食客找妥一个舒服座位坐下来，风轻云淡地翻动菜谱，从头到底只翻一遍，绝对不会来来回回地翻查，一边翻着，一边把想吃的菜点下去，一遍翻尽，刚好菜也点完。那种劲头有点将军沙场点兵说一不二的意思，在菜单上犹豫再三讨论半天的男人，被人批评是小男人，大体上也就只好认了。也有一种男人是午餐晚餐都吃套餐的，无论跟商务客人还是跟情人，一生只吃套餐，理由是嫌点菜麻烦。我不明白，为什么还有女人肯坐下来跟这种男人吃晚餐？跟他举杯喝红酒？

上等食客点菜，不会在菜的数量上失控，某些男人一上桌，先昭告天下，我这个人比较好吃的啦。然后就肆无忌惮地叫满一桌子的菜，满到桌子上都堆不下，恨不得铺到地上去。这种男人不是好吃，是贪吃，吃相如此难看，跟饥民没有两样。做厨师的，看到这种食客，会恨到想罢工。

刁钻食客吃东西温文尔雅，吃一口是一口，细嚼慢咽，不对胃口的，放下餐具，不再碰。对胃口的，默默吃个三筷五筷，在心底给个满分，脸上是不露声色的。没品的男人吃到不好吃的，立刻吆喝服务生端走端走，吃到好吃的，马上七情上面，奋力大吃，一碟吃完再追一碟，对面的女人只好放下筷子，看他吃，提心吊胆的，生怕他不够吃，还要叫第三碟。

因为对吃相和吃品的看重，所以我这半生，挑吃饭的饭伴，远比挑跳舞的舞伴要高标准严要求，吃饭是人生头等大事，没有理由委屈自己。跟不同的朋友，约在不同的饮食场所见面，从来是我小小人生里的真实快乐之一。

曾经结识一位文雅的中年男友，出奇爱吃，可那么吃遍人间的一个人，偏偏瘦成一身的仙风道骨，每次见面，我都忍不住咬牙切齿地掐一把他的骨头。我们通常都约在一个稀奇古怪的点心店见面，下午茶时分，伊请我的客，而我每次都识趣带上好茶叶去，算没有白吃白喝。有一回，说好带我去一个粽子店吃粽子，因为路途偏僻难找，伊老人家头天夜里还发一页传真到我家里。我接到传真，连夜翻遍家藏好茶，找到一味武夷岩茶才算放心。找完茶叶，再找衣服，要穿一身适合吃粽子喝岩茶，适合爬一点山，而且适合见一个中年男友的衣服，真的不容易耶，那个夜晚，我把衣柜都翻完了，才算找到正解。

那在粽子店里吃的午茶，一生里差不多是没有第二次了，粽子那么肥软，岩茶那么甘醇，山风那么轻扬，满目苍翠里，静坐面前的，是那么、那么的一个男友，我几乎是跌坐在那一团甜糯的幸福时光里不可自拔，人家细心为你剥开粽叶的那一景，我当然会记取终生的。

所以，给自己一点原则吧，此生绝对不要跟饮食白痴同桌吃饭，特别是男人。

生姜爱好者

我是生姜爱好者，做菜煮茶，须臾不离。

家里做菜，没有搁料酒的习惯，我嫌料酒污浊，那么混沌的东西，身世不明，不敢问津。蒸鱼熬汤，一概免酒，搁大量的姜片姜丝，这就够香。不过偶尔也会用啤酒熬汤，一锅汤，滴水不沾，百分百的啤酒，耐心熬出来，真真香彻云霄。

生姜泡茶，绝对养生隽品。拣稍嫩的姜，去皮，磨茸，滚开的水，大胆冲下去，搁一点若有似无的黑

糖，热腾腾捧在手里，真是香极，暖极。姜茶防感冒，暖胃，减脂，嫩肤，好处不一而足。

姜茶变奏很多，今天搁个茶包进去，明天滴半个柠檬，后天调一大勺蜂蜜，再后天剥些柚子肉丢进去，百喝不厌。给孩子喝，生姜磨茸，冲一杯热牛奶下去，非常香非常暖。我自己喝姜奶，姜的分量会比较重，热牛奶一下去，整碗奶微微凝结，好喝呀。姜汁撞奶，是港式家常甜品，又好味，又养生，人见人爱。

优质生姜，一切开，便有浓浓姜香弥漫一室。家里保姆每日必做功课，是帮忙刨去姜皮，黄艳嫩香的姜，几大块，搁在冰箱里，我看着就无比富裕安心。

天气渐寒，每天晨起，暖暖饮一大杯姜茶，好幸福。有泡澡习惯的朋友，入浴之前来上一大杯姜茶，行血祛寒，暖透全身，绝对解乏，并且解忧。

食色评价

食色两事，好像一向紧密不可分割，这是祖宗前辈立下来的规矩，我们千年以下的后辈，做过想过体验过之后，除了浩叹真理啊真理，实在也没有什么可以展开的余地了。不过呢，我一直很好奇，我们对食色这两件无比享乐的人生快事，到底是如何做进行式和过去式的评价的。

比如，吃着称心美食，我听过的女版的感叹，无外乎好吃呀一句，虽然这一句感叹，搁到不同女人的嘴里说出来，流派纷呈得不得了，然而到底也就是这么千篇一律的一句罢了，很少听到发挥展开的。上海女人嗲兮兮妖兮兮，好吃好吃说了一遍再一遍；台湾女人软绵绵娇滴滴，好好吃好好吃比唱歌还动听；北京女人斩钉截铁，铿锵有力特好吃；日本女人美国女人法国女人这里篇幅有限就不一一列举了。这个问题上，男人表达起来高度苍白，他们大致连好吃两个字都是省掉的，不动声色地给一个“嗯”，就算千言万语点到为止了。我见过的，比较生动直接的男版赞叹是，小姐，再来一盘。

以上是对食物的进行式评价，过去式评价就更加简白了，无非是某店某菜好吃，走过路过各位千万记得一定要进去吃一吃，如此而已。倒是批评起某店某菜来，那叫一个不厌其详，大家上某某点评网看看就知道了。

跟食比，对色的评价就更加云里雾里不好说了，不管是进行式还是过去式。我不知道广大男生是如何处理这个问题的，在我的见识范围里，再贴心贴肺的女生们，聚在一处，也绝少开口谈论昨夜那件事情的，就算时髦前卫如《欲望都市》里的那票纽约女生，谈到这个事情，也最多是飞飞媚眼传个神叫大家分头心领的，绝少爽朗大方宣之于口。我这个小小半生里，有过各色妖艳女友，通宵谈心谈遍人生各个角落，偏偏从来没有触及过这个灵魂死角，半次都没有过。我甚是好奇，不知男生们夜里喝喝酒谈谈天泡泡夜总会，会不会彼此交流一下昨夜那件事的心得体会，跟死党弟兄分享一番那种不可言说的滋味。

偶然的一个发现是，如今我们有一个颇为暧昧的交谈方式，在那个方式里，男人女人谈得水深火热，倒是会踢破底线，说几句蛮深刻蛮惊人蛮直指人心的评语，那个交谈方式是伟大的微信，半似口谈半似手谈，对话双方还隔着安全的千山万水，偏偏是这样辽阔深远的时空距离，让我们说出了说不出口的话。

岁暮饭事

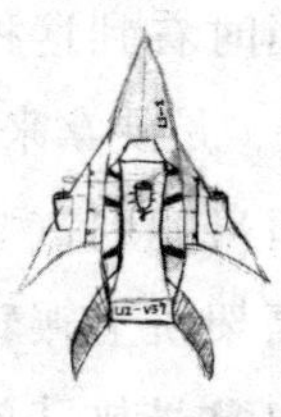

岁暮年尾，各色饭局需要一一奔赴。

之一，某晚跟国际友人携手去吃饭，闹哄哄的馆子，大如汪洋，两个人吃完，糊里糊涂，居然忘记埋单就轻飘飘走出了馆子。寒风里慢慢走过一个街口，才猛然醒悟，犯了如此恶性的错误。我们两个当街立着彼此对看，有点茫茫然。历经世事的男友，无法相信自己会犯这种错误，一边回头往馆子走，一边非常差劲地把责任统统推到我的头上，说，都怪你，长得像足服务生，穿得也像足服务生。我在昏倒之前，低头看了看自己，当晚穿一身花团锦簇的布棉袄，跟那个馆子的服务生，真的形似到十分。从前跟国际友人吃岁暮晚餐，最省力的打扮，就是一身暖洋洋热腾腾的花布棉袄，衬一双细腿长靴，再来一顶娇滴滴的贝雷帽，东方遭遇西方，一点点妖，一点点笨，加在一起刚好满分。如今吃饭行情日新月异，出门之前不花心思，真的会死得相当难看。小时候看日本人写小说，讲，女孩子出去跟男友吃第一餐正式的晚饭，会事先打电话到餐馆里，问清楚那里的桌布用的什么颜色，以此决定当晚的衣着。当时看到这种细节，觉得胸闷得透不过气来，如今想想，是要拿来鞭策自己了。

之二，周末黄昏，随兴跑到古北去吃晚餐，深刻体会人世拥挤。我还在高架桥上辗转腾挪，友人已经不断手机汇报在馆子门口拿号排队的战况，等我把车子停妥，友人报告说，已经从 53 号前进到 31 号。我们站在瑟瑟冷风里面面相觑。友人说，算了，你别挑剔了，去我一个老相识的小馆子吃饭吧，桌子是肯定有的。我埋头跟着他走，来到一间小有名声的上海馆子，人到中年的老相识，袅袅婷婷迎上来，一头大镶大滚的长波浪，一身织锦缎小棉袄，眉目颧骨，一面孔的聪明伶俐，亭子间风情扑面而来。一刻钟之前在闹市里咬牙切齿拼杀抢饭的寒冷痛楚，在她的小手搭到我肩上的那一刻，悉数冰释。虽然那一桌的上海菜，滋味稀松平常，不过老相识的那点地道风情，着实叫人眷恋不已。沪版豆腐西施，值得一看再看，起码比岁暮大片值得多。当然，我也牢牢记住了，下次再来这里吃饭，一定不穿织锦缎小棉袄。

之三，跟一对新婚夫妇同桌吃饭，太太娇憨伶俐，先生温厚纯良，端端正正一对好人，赏心悦目令人胃口大开。饭间，先生不断爱意绵绵抚摸太太，太太搁下筷子娇声呼叫，不要摸了啦，人家看过来，以为你吃豆腐哦。先生面不改色，接口道，家常豆腐，随便吃吃。

甜 点 心

点心，是个动人的词，每每见了这个词，都在心里微笑不止，从小到大，不曾变过，想来以后老了，大致也不会变了。

点心前面，加一个甜字，于我看来，简直就美好得天花乱坠了。

洋人在甜点心里抽调一个字，变成甜心，我觉得好空洞，好虚无，女孩子被男人这么一声一声地叫着，有时候真有点四顾茫然的况味。

上海这座城市样样东西好吃，唯有一样不太及格，就是西式的甜点心。模样艳美，味道细致，用料放心的，真是少之又少。各位好男好女，如果发现本城有绝色的西式甜点心，拜托一定知会我一声，我会记得你的甜蜜恩情的。

在上海安安分分住了三个月，想念西式甜点心，想得失魂落魄的，忍不住就飞一趟香港，这是离开上海最近的一座城，可以满足我的甜蜜欲望。

到香港的第一个晚餐，好心的男友带我去端正堂皇的法国餐厅，坐下来，我已经乐不可支。男友叫我细读菜单，告诉我此地刚刚换过新一季的菜，值得一试的菜式起码有三个五个。我把菜单轻放在桌上，翻都没有翻，张口就说，我要双份的蓝莓芝士蛋糕，其他都不要。

男友大笑，看手表说，小姐，晚上七点半，吃双份蓝莓芝士蛋糕，只有一种人，稚龄儿童。

站在桌边的服务生倒是没有笑，而是一本正经地问我，你确定吗？

我确定得不能再确定了，翻一个白眼给对面笑得打抖的男友，想想看，我是为了什么飞到这里来的？

那个晚餐，结果我是把蛋糕当作了头盘来吃，完了之后，还是规规矩矩享用了热饭热菜。我那位男友，在吃他自己的头盘时，时不时地把叉子伸到我的盘子里来，若无其事地叉走一角我的芝士蛋糕，他那么一口甜一口咸地夹着吃，看起来风度也不比我好多少。

吃甜点心，女人约了女人去，当然没问题。男人约了女人去，那是很香艳的小马屁，那个被宠爱的小女人，在点心店里容光焕发，得意得小鼻子都翘起来了。男人约了男人去，就有点惊人了。无法想象两个前中年的男人，在午后四点的咖啡座上，一人一客黑森林，小小的银叉子此起彼伏，无法猜测这样的两个男人是在谈情还是在谈事。

晚餐一星期

礼拜五，说好了，晚餐要去喝汤。下了连天的阴雨，骨子里一片湿寒沉郁，连带面色都枯萎起来。深切渴望喝碗滚滚浓汤，比盲人按摩更加舒经活络。友人拣了本埠著名汤馆，它家浦西分店，永远满坑满谷，还不接受订位。为了一碗汤，我要横穿一座华城，飞奔而去，简直人间壮举。还好它家还有浦东分店，谢谢天，不争不抢就可以得到一张和平小饭桌。它家的老火汤，一巨煲地送上来，还没有喝，已经开怀，三碗汤慢慢喝下去，身体仿佛做了瑜伽，渐渐打开再打开。至于其他东西，真的是可吃可不吃了。

礼拜六，夜里要去剧院看歌剧《塞维利亚的理发师》。友人态度暧昧地取笑我，侬欢喜剃头师傅啊？女人跟剃头师傅，常常有千丝万缕的瓜葛，扯起来都是长篇累牍的艳事。这出歌剧，全班意大利人马，我是半个月前，已经牵记得坐立不安。歌剧七点一刻开幕，非常尴尬的时间，来不及安稳吃个晚餐。本埠演出不知何故，都排在这个十分奇怪的时间档，很多国家的演出都是夜晚八点开场，让人安心吃个小饭，缓缓走进戏园子享受艺术。为了剃头师傅，阿拉大做牺牲，叫外卖批萨来家里吃。也好，今晚索性彻底意大利了。

礼拜天，赴友人的约去古北吃饭。友人订的馆子，一切精致熨帖，灯光昏昏的两人小房间，是谈心的美好空间。友人走遍地球，一篇一篇，都是精彩纷呈地看天下，开我多少眼界。服务小姐甚是周到，屡进屡出，不厌其烦。门开门和之际，从外面大堂，一再飘进来扩音器里的生日歌，歌声委实刺耳难听，叫人倍感着急。上好馆子亦有小小败笔，真真可惜。那晚的红豆沙十足香艳，这样倾心倾力煮成的红豆沙，本埠难得一见。

礼拜一，有台湾太太给我送来一大堆海鱼，她白天去铜川路批发市场买来的，件件便宜至极。一边翻看美丽动人的粉红鲑鱼，一边决心今晚要开海鲜大餐。搁一张唱片在唱机里，转身就进了水深火热的厨房。金枪鱼籽寿司，鳗鱼三明治，香草烤秋刀鱼，清蒸大头三文鱼，奶油鲑鱼炒饭，以及裙带菜味噌汤。大餐刚刚摆上餐桌，邻居帮我送晚报过来，探头一看，哇哇大叫，你家干什么啊？今朝刚刚礼拜一啊，吃这么好，你家老公爆发啦？包子吃得心满意足，夜里在枕上跟我说，妈咪，今晚我们吃了一个海。

礼拜二，今晚反省，吃朴素一点，拿出秋田小町①，熬白米清粥，十个碟子的粥菜，一色齐素，洋洋洒洒，铺满一桌。

礼拜三，晚餐只一道菜，砂锅馄饨鸡。这道菜，家里煮的，胜过馆子千百倍。一边吃，一边听 Patti Page 的《田纳西华尔兹》，古老的浓情，真真悱恻。

礼拜四，晚餐停食，喝自家做的黑豆豆浆，听徐云志的《莺莺操琴》，滴滴软，滴滴软，软得像个整旧如新的苏州陷阱。一窗沥沥秋雨，满屋豆香馥郁，可以写诗了。

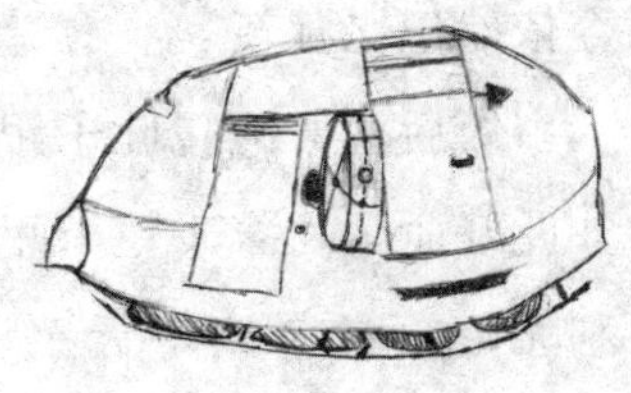

① 秋田小町，一种日本大米的商标及同种水稻的品种。

味觉乡愁

有些饮食，是颇难忘怀的。

十来年前，去墨尔本白相，诸多景致都已淡忘，倒是一餐家常饮食，没有忘。

那日，十多个小时的飞机落地，轻度饥寒交迫。第一餐，在亲爱友人家里吃。餐桌上铺张得琳琅，一眼瞭望过去，竟通堂本色上海菜，油爆虾素鸡之流，全副出自友人太太之手。那一餐浓糖赤酱肺腑滚烫，深切抚慰我长途飞行过来的冰寒肠胃，事隔多年，于今依然记忆犹新。

饭后抱着饱暖肚子跟友人推心置腹，十分眼热伊如此好命，离家千里万里，味觉竟可以穿越得这般流利无痕，真应该每天感谢老天三十次，感谢太太二十次。

友人讲，从上海搬来墨尔本住的时候，跟太太讲好的，衣食上，我只有一个要求，侬让我常常吃到三道菜，烂糊肉丝，花菜炒肉片，雪菜黄鱼汤。听完默然良久，心中滚滚翻腾那三道菜的绝色滋味，倒是友人太太，从冰箱里殷勤挖出若干不同品牌的家藏雪菜，跟我反复切磋。

这十来年里，走过山山水水，几乎每到一地，都会想起友人的那三道经典菜，亦常常衍生开去，想我自己的。说起来，真的，不见得每个人，都能够唇齿分明地讲清楚，自己的三道菜，不信你试试看。

亦一直想，友人的那三道菜，除了雪菜有点小难，其他还算容易备办，若是跟太太提，希望经常吃到笋干炖肉或者腐皮素鸭，可是头大了。有个知己友人，住南非约堡，每趟回沪省亲，疯狂携带一种食材，豇豆干。伊讲，豇豆干那个滋味，万千繁复一言难尽，找遍全球，没有任何替代物可以覆盖。据说，这种毫无卖相的食材，是伊奋斗在约堡的动力源泉，须臾不可或缺。记得好像是阿汤演的电影，被劫持的美利坚人质，死里逃生，搭飞机回航，落地在停机坪上，随从飞奔上前，无比贴心地递上汉堡一枚，第一时间抚慰若干日的味觉乡愁。

豇豆干以及汉堡，果然是苍茫人生里的点睛之笔。

寄居过香港的人，大都明了云吞面在人生里的隆重分量，我自己的香港乡愁，亦莫不如是。而包子跟我不同，伊的香港乡愁，是蛇王二的蛇羹餐，一碗足料菊花蛇羹，一碗喷香流油脆皮润肠饭。有时候到香港忙到脚不点地，无暇顾及小人的味觉乡愁，两三天之后，包子会思虑过度心神不宁。

最近一次去蛇王二，正吃着，破门进来两位大陆美人，跑堂阿伯无比欣喜，上前殷勤推荐招牌饭菜。两美人一口北方话，问，有没有 wifi 啊？阿伯瞠目，高度紧张地盯着问，什么饭？什么饭？你们要吃什么饭？

老天，你知道吗？有些人的味觉乡愁，是 wifi。

小人口味

道格拉斯小人，今年妙龄十三，翩翩一位海归美少年。

小人喝纽约的水吃纽约的肉读纽约的书看纽约的电视，完整十年，之后就有那么一个月黑风高的长夜，他被父母不由分说一把拎回上海，第二天睁眼醒来，翻天覆地开始喝上海的水吃上海的肉读上海的书看上海的电视。上海是他父母的故土和热土，却不见得亦是他的。漫漫两三年过去，小人深明大义，克服一切水土不服，渐渐安居乐业，中间的种种血泪故事，此地就不一一展开了。对照一下上海人民出国留学的那些转折疼痛，也就可以推理理解小人的生理和心理路程，是怎么一回事情了。

然而，小人终于也开始享受上海这座陌生的他城。猜猜看，小人最最心爱，是什么？回答这个问题，要动用到一点脑筋急转弯的本领，道格拉斯最爱，是阿拉上海人那一碗面挺味足、红光潋滟的辣肉面。我初听，哗啦哗啦当街笑翻过去。一个13岁的迷你海归，口味竟然跟本埠出租车司机看齐。唯一不同的是，出租车司机的这碗辣肉面，通常是安排在午餐居多，而道格拉斯小人的这一碗，却是安排在早餐。

寒冬清晨，读书郎最最苦难，天蒙蒙亮就要毅然决然头破血流地起床，还好，自从有了辣肉面做早餐，道格拉斯小人的起床动力，全面提升增强，只要他妈咪在床边软语一声，乖囡，起来吃面了。四两拨千斤，比三个闹钟如雷贯耳还管用。辣肉面哪里来的？自然是道格拉斯妈咪，去沪上名店集中采购的呀。如今，道格拉斯妈咪已经百炼成精，成长为本埠辣肉面达人，城中哪一家辣肉面正点，她是不二权威。而道格拉斯小人，这一口标新立异充满革命性的至爱，真是超酷超炫，别具一格，让我叹为观止。

法国人讲的，决定人们亲疏的，不是语言，法律，道德，准则，而是拿刀叉的姿势是否相同。我们上海人比法国人更加精准一步，人生直奔清晰主题，刀叉还在其次，口味决定阵线。

明明是吃薯片汉堡长大的小人，一旦跟辣肉面金风玉露一相逢，便惊天动地苏醒过来，弃暗投明之后，十万匹马力也拉不回去了。

嘿嘿，道格拉斯，我们当然是自己人，有辣肉面为证。

谢谢天，在千万人里，我们总是有办法，把那个知己，一眼挑出来。那种百发百中的爽朗快感，实在是、实在是，好极了。

小宴

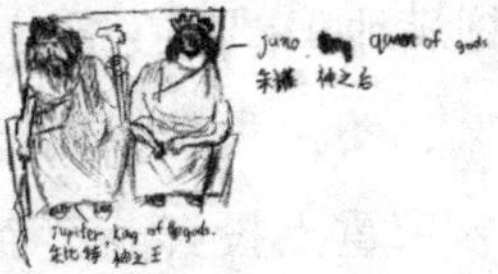

秋日晴阳里，接南方女友短信通知，下礼拜抵埠，eat you，sleep you。

短回去，吃几顿，困几夜。

短回来，一膳，一宿。要吃蟹，两对起吃。

再短过去，格么还有什么想念？人，物，食，一并列齐。

南方女友隔了二十分钟，深思熟虑妥了，短回来，人一个不想；物到你家看两圈，看中拎走；食，弄点荠菜我吃，荠菜豆腐羹之流。

我低头想想，煮碗一清二白的羹迎客，似乎不大作兴，格么荠菜馄饨哪能？

女友丢下铿锵两字，好极。然后关机开会去了。我有点怀疑，这两个字是不是秘书小姐代短的。

那日黄昏，燃上熊熊灯火，引颈等候女友。还以为人家风尘仆仆卷一身疲惫进门，结果却是一袭窄窄的窈窕黑裙，短发英秀翩翩，半件行李不携，空荡荡两只小手，笑嘻嘻就闪进门来了。哪里是坐了几小时飞机的旅人模样，简直神采奕奕到可气可恨。片刻之后，已经精神无比饱满地正襟坐在饭桌旁了。

闲闲吃两筷凉菜，茭白丝拌豆腐丝，顶好是落点虾油露拌拌，想想人家重点投奔荠菜而来，前菜还是低调清爽一点罢了，省得喧宾夺主。女友一边吃，一边顺口赞美一声我的法国盘子，有盘子癖的男女都知道，每一个盘子后面，必有一段旖旎故事。故事讲完，之后就是荠菜馄饨了。鸡汤极清，荠菜细嫩香彻云霄，馄饨皮子没骨鲜滑。女友吃得极慢，细嚼慢咽，吃一口，笑赞一个，一肚子得逞的称心。我漠漠想起来，跟伊秉烛夜谈的某年某夜，伊讲起幼年吃过的刀鱼馄饨，如何的艳美销魂。相比之下，荠菜馄饨真真粗食了。

看伊一边吃馄饨，厨房里一边蒸了螃蟹下去。海海一大碗荠菜馄饨，我有点担心伊要吃饱了，哪知人家妖娆浅笑，不会的，侬放心。而陪在末座的包子小人，果然直接就吃饱了。螃蟹张牙舞爪轰隆隆上桌，包子眼大肚子小地看了看，告饶道，不吃了好不好。包子娘到底还是拆了一蟹斗的膏黄递到小人嘴边。想想上海人家的小人们，一代一代，都是这样给爹娘喂大的不是吗？

那晚女友食尽两对螃蟹，饮过两盏紫苏，捧着肚子巡视寒舍。于屋角木凳上，慧眼瞧上一件织锦缎背心，蟹壳青的花袄，宽落落的，穿上妖滴滴软绵绵，人家若无其事顺手就拎走了。

虽是初秋的夜，到了深处，一样凉滑如水，寒气瑟瑟的说。

雪菜黄鱼面

那天我去古北的一间图书馆看东西，中午饿得吃不消，仓皇丢下书，跑出来到兰桂坊吃面。踏进去一看，满坑满谷的寻芳食客，座位要用抢的。我一个人，左支右绌，笨得吃不开。正在愁苦，服务生招手叫我，喂，侬一家头①，过来跟人家拼台子。我听见召唤，奋力奔过去，挤在一张小型的圆桌一角，全心全意等我的雪菜黄鱼面。

黄鱼面要等，而且比较漫长，谁叫你要吃这么刁钻的面呢？不等不可能。我饿得胃疼，无所事事的空白里，傻兮兮瞄一眼我的同桌食客。瞄完第一眼，在心里大叫一声老天，一台子齐刷刷的台湾女人！伊人们细声软语，在交流本埠羊绒衫的编织行情，她们翻出杂志，比着花样，谈着尺寸斤两，交换着羊绒衫铺子老板娘的手机，掐算着编织的档期和飞返台北的航

① 一家头，上海话，一个人。

期，资讯之丰富，视野之辽阔，行情之新鲜，听得我目瞪口呆。关于本埠的生活细节，好些时候，这些港台太太，比我们本地女人，更耳熟能详。就说这间兰桂坊好了，我跟上海女人讲起，十有八九是不知的，而台湾太太，似乎人人晓得、个个吃过。

终于等来了我的雪菜水晶黄鱼面，我对着这碗热气腾腾的心头至爱，俯首细尝，顺便也一眼一眼地瞄我的同桌食客，偷窥她们吃些什么，不用说，想必都是兰桂坊里最拿手的那几个碟子，下次再来，记得试试。

这时新来了一位轻肥熟年女客人，热气腾腾济济一堂地挨着我的左手坐下，是伊人们的同党，迟来了半步，坐下来，娇声道歉再三。反正到了上海的台湾女人，个个都是忙到脚不点地的，午餐小宴，迟到二十分钟，平常事啦。

要命的是，这位轻肥的台湾太太，坐下来吃了三筷，十分亲切地把一张白嫩嫩的脸，朝我偏过来，哦哟，你们怎么不给我介绍，有新姐妹啊？

我一筷子水晶黄鱼，小心翼翼擎在半空，呆到张口结舌。

对面的台湾女人，咯咯一笑，插进来说，哦哟，薇薇安，那是陌生人啦，小姐不好意思哦。

我两眼一热，满口的面，只好朝伊微微摇头，表示没关系的。

一句陌生人，说得我心头一凛，真不知道，谁才是这座城的陌生人？是侬？还是我？

一碗雪菜黄鱼面，白白吃出我这等感慨来。仿佛李安一边色色戒戒，一边不忘记振臂一呼，叫王力宏立眉横刀，畅谈中国不能亡，结果马英九多么配合，在电影院里哽咽落泪。

何其辽阔的痴想，从雪菜面到陌生人，从戒色到亡国。

饮食势利

饮食势利，好些时候，比衣衫更甚。

女人常见病，通身名牌超高调亮相，让人一见之下眼冒金星暗叫吃不消。男人常见病，动不动摆一桌鱼翅捞饭，得意洋洋一席万金。

本埠变态现象，无比贵的餐馆，大多无比难吃，价钱飙过米其林三星，食物却远远不及路边小摊。起初碰上一次两次如此奇遇，我还以为是自己运气格外差了一层，次数一多，我的一颗热腾腾的心，也无法不冷下来。正视现实好了，这是本埠奇景之一，花很多钞票吃很难吃的菜，还要觉得是一番面子十足的特殊荣誉。这种餐馆很振奋人心的，一家比一家开得旺盛，订个晚餐包间，对不起，请提前一个月下手。你说到底是谁疯了呢？

奔去那种餐馆的食客，大多不是为食而来，是为那个坚挺傲人的价格而来。在如此风起云涌的大时代里，摩拳擦掌跃跃欲试准备干一番大事业的健儿们，谁会在乎饮食滋味那种末节呢？于是真的很惨，这两年，在本埠找一碟及格的清炒虾仁，都变成至难之事了。

友人从海外归来，兴致勃勃一头钻进本埠名馆，一边狂咽口水一边点一碟海外吃不到的响油鳝丝。服务小姐冷笑一声回答他，这种菜，阿拉老早不做了。友人大惊，这是你们馆子的看家菜啊，我姆妈从小带我吃到大的啊，怎么会呢？小姐够狠，当场回答我友人，这种便宜来兮的菜，现在谁还要吃啦？

我已经不吃鱼翅多年了，原来很好味很滋补的一盅传统鱼翅，如今已经演变成一个高度势利暧昧深深的疑似红包，吃了心里疙里疙瘩难消难化心事重重。再说呢，满城卖鱼翅的食馆，做得像样的，恐怕数不出三家吧。鱼翅可怜，明珠暗投。所以，趁早戒了这一盅，免得那些穿大红旗袍的小妹，冷着个晚娘脸，端上来一盅温吞吞黏糊糊的鱼翅，让人气结胃痛，这种闲气，还是不要去惹上身来了。

鱼翅不吃，燕窝鲍鱼龙虾象拔蚌之类，我也一概谢谢不必了。还有那个红酒，也不必半打半打地开了。我想喝酒，跑去友人家里，请友人温壶陈年黄酒，三两碟小菜，一肚子学问，够我开怀畅饮到中宵了。

早餐三味

我比较见不得不吃早餐的人，亦见不得早餐吃得囫囵吞枣的人。

一日之计在于早餐，挣了半天钱，劳碌了小半生，竟连个早餐都吃不安逸，真真不懂了，究竟赚钱为吃饭，还是吃饭为赚钱。所以，万事靠边，好好吃了早餐再讲亦不迟。

看苏州人逯耀东写少年旧事，一笔一笔，很多情很多汁，件件细节，都是苏杭熟天下足。伊幼时上学，走出家门，从仓米巷，经护龙街，到朱鸿兴，停下来，先吃碗焖肉面，然后再去学校。这个我读了很震动，比读“停车坐爱枫林晚”震动多了，跟着而来的，是巨大的惆怅。吃碗朱鸿兴焖肉面再去读书，这样美好的事情，竟然亦是如烟往事了，好生叫人扼腕。有钱真没什么意思，读书的小人，每日早晨笃笃定定吃碗焖肉面再去上学，这样温柔敦厚的人生，才有点意思，这种社会情态，才叫万象和谐。可惜，有意思的事情，通常都很难办到，有钱也照样办不到。

看高雄人焦桐写陈年饮食，愈发有趣。伊讲，伊当年青春期，早餐常是一条肥硕的虱目鱼和一大碗面线。我初初读到这一节，胸口一紧，几乎晕倒。前辈下笔，真的超猛。焦桐传世名作《完全壮阳食谱》倒还罢了，倒是这一顿雄壮早餐，令人心跳呻吟。南方海港的富足安逸，等闲人家的小康喜乐，像无锡大阿福一样，既柔软又敦实，这种小日子的手感，真真是好。然后就乱想，不知道宁波小康人家，青春期的男女小人，早餐是不是也常常来一条大黄鱼以及一大碗雪菜汤年糕？

多年以前还看过日本文学巨匠远藤周作写专栏小文，宣讲自己的早餐。这个老男人早餐饮滚茶，看报纸，然后是一袋子儿童吃的字母饼干，缓缓吃，慢慢读，悠长饮，独自消磨一个寂寂清晨。大作家讲，26个字母，其实伊是有偏好的，不太喜欢C啦L啦I啦这种简单的，W啦A啦M啦，这种形状复杂的比较好吃，有满足感。伊还满挑嘴的，常常把简单的先拣着吃了，剩下复杂的，慢慢享用。当时读完这篇小文，我就想，嗯，等我以后老了，一个礼拜七天，也划定一天，返老还童，早餐吃字母饼干，或者动物饼干，就定在礼拜三好了，礼拜三跟饼干满搭调的。

至于现在的大人小人，早餐吃点什么，众生们吃相如何，我想我还是不要写了。

想甜与想肉

很累很累累到四肢酸软脑筋空白的时候，人的本性，就恶魔一般，一五一十狠狠地浮上来了。

累极的时候，一想甜，二想肉，很罪恶，很露骨，很不女人，很码头工人。

想很甜很浓的奶油咖啡，流都流不动最好，平日里看见这种咖啡，一定鄙夷个半死，累倦的时候，却最好弄个超大码的马克杯，满满地捧在心口如饥似渴。

想一碟子火烫出炉的烤鸭皮，绵白细糖里打两个浑身滚，一口酥脆肥死甜死。这种小食，平日里吃一口都要抿着嘴思量再三，累到至极的时候，一口连一口，一气可以不顾生死扫完整个碟子。

想黑沉沉的巧克力熔岩蛋糕，外头一层黑光泛滥，里头一叉子下去，肮脏兮兮流出一团暖暖的黑心黑肺。本埠各家名馆子的这一碟子，都爱取个雪白大盘子，砌一个袖珍的蛋糕在上面，看着娟秀孤高，吃着怎么会够。累狠的时候，一坐下，总是不容置疑的双份或者三份。遇过点心师傅直接送餐上桌，一腔幽怨站在桌旁，一眼一眼看我亲嘴吃完的盛况。有位鬼佬点心师，看我吃完，抱着肚子跟我发狠，今天你如果再想吃，全部免费我送你。吓得身边友人快手埋单赶紧拉我逃离现场。拜托，换个地方再吃好不好？一把年纪了，丢人也要找个明媚地方。

除了想甜，就是想肉，最想的，很奇怪，还是跟甜有关，想蜜汁肉。

很甜很水晶很粉艳的腐乳肉，颤巍巍蹲在小坛子里，累极的女人，连打捞美肉的力气都不存，贴心饭伴取肥去瘦，殷勤递到心口，吃吧，今朝壮肉统统归侬，一口都不跟侬抢，放心，一坛子不够，再追一坛子，吃够为止。这样子的私房体贴，比壮肉还温暖我心。累极的时候，有这样的亲人相伴，让你可以放下身心，不顾教养，暴饮暴食，真是何等福气。

想肥滴滴的烤肉，裹死甜发黑的樱桃蜜酱，跟匈奴似的，转眼荡涤一大盘子。第一次目睹如此末世状况的友人，心事重重地问，多久吃这么一次？翻翻伊白眼，细声答，不定期啊。人家听完默默点头，来了一句不着边际的，吃完，可以射天狼了。

还想摩洛哥人的那种炖羊腿，这个倒是不肥腻，羊肉细腻飞香，色泽艳致如玉，大把的葡萄干炖得胖胖的。通常是一人一腿，累倦的时候，就不计其数了。

知道自己累倦的时候，是如此不堪，亦就懂得了一点体贴他人。在你累倦的时刻，我亦会，好好地，在你身边。一生誓约，如此这般。

西班牙小馆

友人约饭，问，老洋楼里的西班牙小馆可不可以？自然是可以二字并谢谢二字一共仁义道德四字。

黄昏春风荡漾，小小迟到片刻，踏进小馆，友人已端坐如仪，皱眉捧着菜单，身旁肃立一位细细美美服务生，男的。

宽衣坐下来，一句寒暄没有，友人不胜惆怅，他们换了菜单了，刚知道。听完心中小小莞尔，饭馆子换了菜单，犹如情人换了心肝，事先不会通知你，事后明白了，自然是百般失落千般伤怀。身旁服务生伶俐插嘴，我们换了新厨师，西班牙请来的。

于是便全力以赴研究陌生菜单，全英文的，字写得极细小，烛光极微茫。想吃点西班牙别致海鲜，小乌贼塞满一腔内容，乌赤赤的，炖得墨黑，再富富饶饶，浇上半杯的厚奶油，那个晚上，挖空心思地，就想念那一碟子黑黑白白。这样的家常菜，绝对算不得偏门，偏偏人家就是没有。格么，还有没有其他海鲜做得新鲜生嫩些的？服务生答，没有，都是油炸的。油炸鱿鱼，油炸蘑菇蓉，油炸这个油炸那个，油炸得一粒心都掉进了油锅。跟友人面面相觑再接再厉继续研究主菜。龙虾饭独领风骚，本埠有名有姓的西班牙饭馆子，间间爱做龙虾饭，又矜贵又不难吃而且实在太容易煮了估计各位大厨闭着眼睛都整顿出来了。再看其他，竟然统统是牛排，俨然德克萨斯风情翩翩。看完怅然若失，呆坐小震撼中。

身旁服务生看我们二人低头良久默默无语，人家细声细气讲出惊人的话来了。阿拉新来的厨师，估计是西班牙山沟沟里寻来的，脾气耿得腰细，菜单打死不写中文的，龙虾饭跟伊讲上海客人觉得太咸了，伊也不听的。阿拉也没办法。我倒是蓦然来了兴致，脾气耿得腰细的西班牙山沟沟厨师？有劲的啊。白求恩当年也是耿得腰细的一枚加拿大人对不对？人家一生伟业斑斓的说。

总之，那晚还是跟友人言笑晏晏，开开心心扫荡了大盘子的美味火腿，循规蹈矩吃了龙虾饭。友人体贴，给了香槟，亲手拆了龙虾肉，讲了一晚温暖闲话，还请万能的服务生，给我觅了一支孤美的烟卷来，亦不知服务生究竟从哪个男客人的烟袋里打捞来的，谢谢天。

饭后友人讲，试试人家的甜品。我却戛然而止只要了一杯咖啡。耿得腰细的山沟沟厨师，会奉上怎样的甜品？想想我还是却步了。

春风沉醉的夜晚，洋楼里的西班牙小馆，烛火摇曳，故事斑斓。深夜离开时，看见厨师闲下来，坐在花园子一角吸烟。深深看了几眼，人家身影孤独，相貌真的满耿的。

葫 芦 轩

阴寒漠漠的午后，女友带去葫芦轩吃茶。

细细小小的一间铺子，铺天盖地的大小葫芦层层叠叠扑面而来，温暖灯火下，一片黄澄澄的簇拥。一步踏进去，累生累世四个字，鬼魅一样浮上心尖。女友来过无数趟，并不稀奇，坐下便安逸吃茶。留我一个白痴，拖着老板给讲讲前世今生。老板中年男，长一双花容妙目，一边讲一边媚眼翻飞，真真繁荣到十二分。随着伊，在铺子里横转竖转一件一件看过来。看到眼酸，便也甘心坐下吃茶。一边吃茶一边闲话，女友拍得一手曼妙小照，一枚一枚的葫芦，把玩着照来照去，真是风姿绰约妩媚得腰细，那个老板中年男，隔着茶水人气，在对面一眼一眼地端详我们姐妹淘，竟是说不出的岁月绵长。

然后就来了客，听到人声，我亦回身去看，这一看，可是不得了，看到一张惊天动地的男人脸，便再也转不开眼睛。

那男人精瘦的一杆，进来坐下，刚巧坐在我对面，细细端详他，简直亮到炫目，一股子杀伐之气腾腾逼人。笔挺的鼻管，饱满的颧骨，两只眼精光四射，一围下巴精致细腻，俊逸到天杀的十分。默默看了十分钟，心里明白过来，这个人，是梁山里落草的英雄，像极了林冲那种霸气凛凛，八十万禁军教头的俊朗风神，不可置信地，在这个又细又窄的葫芦轩里仓皇邂逅。忍不住，跟女友讲，拍他，拍他的脸。女友被这没头没脑的一句，吓了一跳，对面的林冲亦吓一跳。这一吓，便彻底没了戏。那林冲，竟搁下茶盏，对着女友的镜头，百般扭捏起来。哗啦哗啦拍了十几二十枚，竟没有一枚端正的。我多么的不甘心，从手袋里掏出照相机，亦狠狠地拍起来。镜头里，那林冲坐立不安，眼神闪烁，荡尽所有英气，害我唏嘘不已，无法可想地搁下相机。

便跟伊闲话。哪里人士？林冲答，崇明人。

可不可以问，从前做过什么？林冲答，当过五年的兵。我在心里点头，还好不是告诉我，当过五年的上将。

格么，现在呢？现在开间唐卡铺子，就在对门。然后满口滚滚而出楞严经书，听得我止语。

叫什么名字？姓陆，单名一个锦字。这就又来了，什么男人配叫陆锦这样灿烂的名字？我又惊得一跳。

吃了一下午的茶，黄昏里依依不舍告辞出来。才出门，女友一个白眼霹雳似的翻了过来，侬今朝发的什么痴？没敢跟伊回嘴，只跟伊甜言蜜语，下礼拜再来好不好？

深夜里，跟林冲在微信里碰头，认真再赞伊一句，人家却幽幽地微过来：我长得太凶了，缺了慈悲相，让我吃过好多好多的亏。

这林冲，还好，只长了一张俊逸面庞，身材细瘦单薄不足一提，否则，可真是英雄再世了。

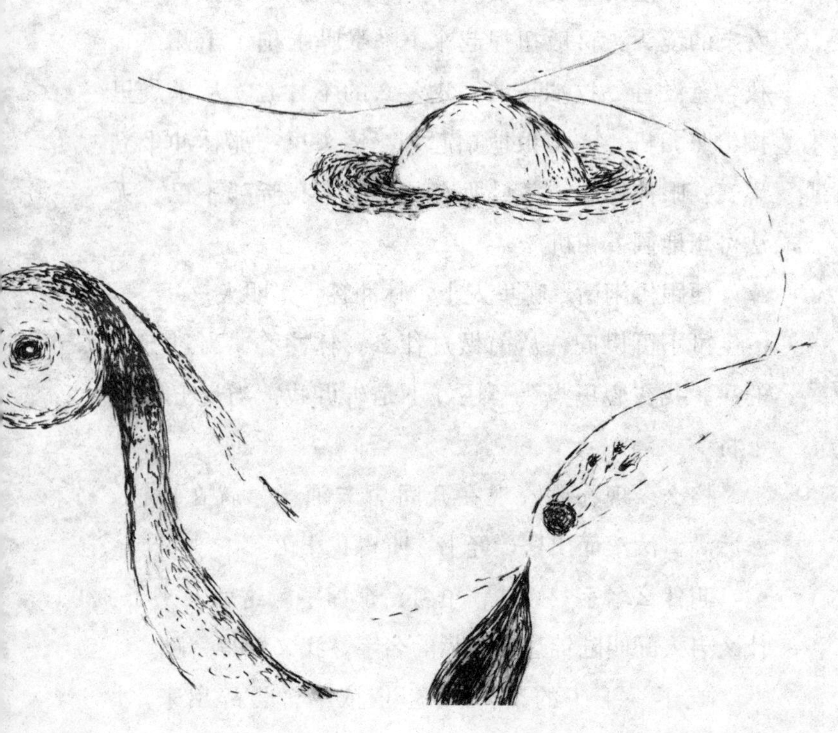

牛肉和它的贵妃们

天下的妇人们，翻翻箱底，大概人人都有至少一打的私房菜谱，是关于慢炖的。殷勤主持一份家，二十年，三十年，以致漠漠半生，日复一日年复一年，温柔喂饱屋里数个大小亲人，这些私房慢炖，一向是妇人们趁手好用的心腹爱将，如吕布，如赵云，如林冲，冲锋陷阵，暖老温贫。慢炖菜大多丰盛，温醇，火候深邃，滋味层层叠叠绵密悠长。天下最难学到像的私房菜，一定是这种美丽文火幽幽焐成的慢炖。每一粒女心是如此的不同，每一锅的慢炖，便亦如此的迥异。

家中小宴，有一味永恒看家菜，贵妃牛肉，名字亦妖娆，卖相亦丰美，滋味简直赢尽天下男人女人心，跟法国菜亦搭，跟中国菜亦和，红酒黄酒无不相安，真是想不出，还有比它更适合上台宴客的慢炖了。夸张的友人跟我讲，拜托你，不要让客人把贵妃牛肉的照片贴在微博微信上，我在远方看见，昏倒一次又一次的说。

几乎每一次宴罢，都被友人们抓紧来问，究竟如何炖的，问多问烦了，便有了这篇小文。

喜欢用牛腱子肉，切大块，两大勺子酱，小火煸一煸。多年前，从亲爱友人手上，分享到这个菜谱的时候，似乎是甜面酱豆瓣酱混合一下来煸，到了我这里，改成了日本味噌。最近爱用的，是托友人从佐贺买来的手工味噌，滋味正而且厚，煸个十来分钟，略略有点酱与肉合一的意思了，便加生抽，再加水，丢两粒漂漂亮亮的大茴香进去，再丢四五瓣蒜粒子进去，切一个大番茄，来一大杯杂牌红酒，所有的调味，这就差不多都搁齐了。

那么，贵妃呢？贵妃姗姗而至。拣长得美美的胡萝卜，切大块，一定记得切大块，太小了，炖成了，杨玉环落魄成了小梅香，是极败兴的。还有便是切漂亮点，千万不要滚刀块，想想看，滚刀的贵妃，也太扭捏也太悲情，我是多么的不喜欢。

然后便是慢慢文火炖。炖多久，取决于牛腱子，伊何时酥软了，这个菜，亦就成了。炖好了，莫要心急吃，天下的好人好事，都少不得一点耐心等待。顶好搁一晚，第二天再吃，牛肉和他的贵妃，缠绵一宿，想想看，那是完全不同的境界对不对？

宴客时，贵妃牛肉上台，喜欢配土豆泥，他们真的是天下难得的绝配。拣硕大的素色盘子，细瓷的亦好，粗陶的亦不坏，倾城而出的牛肉和他的贵妃们，温润，酥软，柔腻，肥满，牛肉如霸王杀伐，胡萝卜如虞姬娇妍。一向是，贵妃得的赞美，远多过霸王。那些精华饱含的胡萝卜，粉润馨甜，动人得不得了。吃肉边素的狡猾家伙，此时此刻，可是占尽了芬芳便宜。

初级版的贵妃牛肉，就这样了。高级一点，贵妃之外，切牛蒡下去一起炖，那个滋味，便有一点清澈小禅，极是勾魂。通常是，有了贵妃，人人就放弃牛肉了，而有了牛蒡，贵妃也成了无人搭理的糟糠。这个世道很残酷，吃饭的时候，顺便亦吃下了一大杯的感伤。